D1652533

knapp

Reto Stampfli

Die Schwiegermutter des Papstes

knapp

«Die Langweiler auf dieser Welt sind die grössten Sünder.»

Gottlieb Duttweiler (1888–1962)

Ein *Perlen*-Buch.

Die Schwiegermutter des Papstes

Der Papst sass höchstpersönlich jeden Morgen, ausser sonntags, ab neun Uhr im Paradiesli. Der stattliche Herr mit dem angegrauten Bart und den krausen Haaren pflegte in seinem Lieblings-Tearoom am ersten Tisch rechts neben der ausgeleuchteten Tortenvitrine würdevoll seine Audienzen abzuhalten. Majestätisch schlürfte er dabei seine Schale mit wenig Milch, den kleinen Finger leicht angewinkelt und den genussbereiten Mund erwartungsfroh zugespitzt. Bedächtig blätterte er in der vor ihm liegenden Zeitung und vollführte dabei eine weit ausholende Bewegung, als wolle er die im Tearoom Anwesenden feierlich segnen. Für alle gut sichtbar prangte an seiner rechten Hand ein goldener Ring mit einem weinroten Edelstein, in dem sich das Licht der Tortenvitrine spiegelte.

«So einen fetten Klunker, das hat sonst keiner weit und breit», hatte kürzlich der angeheiterte Gemeindeschreiber Häberli zu später Stunde nach der Turnervorstellung in der Bierschwemme gegrunzt, um dann mehrmals zu versuchen, mit übertriebenen

Gesten und einem theatralischen Kniefall, den besagten Ring zu küssen. Das war dem Papst egal. Er hatte Nachsicht mit den armen Sündern und war stolz auf seinen aussergewöhnlichen Schmuck – eines der wenigen Erbstücke aus dem Nachlass seines früh verstorbenen Vaters. Ansonsten legte er jedoch keinen grossen Wert auf Äusserlichkeiten: Für Kleider gab er nur so viel Geld als nötig aus, und die Haare, die rund um seine Stirnglatze übrig geblieben waren, liess er sich von seiner Schwägerin stutzen. Einen Schönheitspreis konnte er mit seiner Frisur tatsächlich nicht gewinnen, doch ein Papst hatte eh alles Weltliche gering zu schätzen, um dadurch Höheres zu erlangen – und irgendwie erinnerte sein improvisierter Rundhaarschnitt an die Tonsur der mittelalterlichen Mönche.

Einen Ehering suchte man vergeblich an seiner Hand. Das war nicht weiter erstaunlich, denn ein richtiger Kirchenfürst konnte auch ohne Weib seine Erfüllung finden. Diesem Schicksal fügte er sich ohne erkennbaren Widerstand, auch wenn es in früheren Jahren einige durchaus aussichtsreiche Bekanntschaften gegeben hatte. Jetzt war er schlichtweg zu alt und zu umständlich geworden, um das Feuer der Liebe noch unbeschwert auskosten zu können. Umso mehr liebte er hingegen seine breit gefächerte Bibliothek, ausgedehnte Kulturreisen ins Ausland und das Ritual seines morgendlichen Kaffees samt Zeitungslektüre im Paradiesli.

Er lebte also sozusagen im Zölibat, obwohl er sich gegen diese Einschätzung heftig gewehrt hätte. Der Papst war ein besonnener Zeitgenosse, doch unzutreffende Aussagen zur Kirchengeschichte konnten ihn urplötzlich in Rage versetzen. Zwar pochte er nicht auf Unfehlbarkeit, doch er wies immer wieder darauf hin, dass in der Vergangenheit eine stattliche Anzahl von Päpsten den Stand der Ehe mehr oder weniger erfolgreich praktiziert hätte. Das war zwar schon eine ganze Weile her, wurde jedoch von keinem namhaften Historiker bestritten. Erst im düsteren Übergang von der Antike zum nicht ganz so dunklen Mittelalter wurde es dann Usus, den fleischlichen Gelüsten um des Himmelreiches willen offiziell zu entsagen, und eine Keuschheitswelle überrollte die christliche Kirche, mit Maria als entrücktem Vorbild idealer Jungfräulichkeit. Hatten Männer wie zum Beispiel der umtriebige Papst Kalixt die Ehe als etwas Erstrebenswertes erachtet, wollten andere Kirchenmänner die Frauen am liebsten in corpore in den tiefsten Erdenschlund versenken. Das alles stand in den dicken Folianten, die sich bei ihm zu Hause in den Regalen stapelten. Doch diese irritierenden Fakten wollte im Paradiesli eigentlich niemand so genau wissen. Schwiegermütter passten einfach nicht ins gängige Papstbild. Aufgeklärtes Denken und kritische Debatten, das wurde den mondänen Kaffeehäusern in den Metropolen nachgesagt, war jedoch bestimmt keine Kardinaltugend in ländlichen Tearooms.

Auch in der Heiligen Schrift, vor allem in den Evangelien und der Apostelgeschichte, kannte sich der Papst hervorragend aus. Er konnte bei Bedarf ganze Passagen auswendig zitieren. Das mit besonderem Genuss aus dem 16. Kapitel des Matthäus-Berichts, wo auch die folgenreiche Aussage zu finden ist, mit der Jesus seinen wankelmütigen Weggefährten Petrus indirekt als ersten Papst bestätigte: «Ich aber sage dir: Du bist Petrus, und auf diesen Felsen werde ich meine Kirche bauen, und die Mächte der Unterwelt werden sie nicht überwältigen.» Gegen die Mächte der Unterwelt hatte der Papst zwar nicht anzukämpfen, aber regelmässig gegen die himmelschreiende Unwissenheit seiner flachgeistigen Tisch- und Zeitgenossen. Die dörfliche Kaffeerunde wollte nur leicht Fassliches und Abgesegnetes entgegennehmen; im Paradiesli galt das Dogma des frommen Nachbetens.

Der Papst liess sich nicht entmutigen, denn in Sachen Historie war er eine Autorität. Sachte begann sein Exkurs mit Paul I., der im achten Jahrhundert behauptete, er habe die Knochen der legendären Petrus-Tochter Petronilla in der Domitilla-Katakombe gefunden. Doch dann berichtete er vom ominösen Borgia-Papst Alexander VI., der zwar nicht ganz so schlimm war, wie ihn die parteiischen Geschichtsschreiber darstellten, jedoch zweifellos ein vom Ehrgeiz getriebener Karrierist mit einem höchst auffälligen Triebleben. Erstaunlicherweise hatte sich der Spanier nicht einmal darum bemüht, seine Eskapaden und die Kinder vor der Öffentlichkeit zu verbergen. Er erwähnte auch Leo X., der nach seiner erkauften Wahl offen bekundete, dass er nun das Papsttum in all seinen Facetten geniessen werde. Oder Paul III., aus dem Hause Farnese, Vater mehrerer Töchter und Söhne, die er allesamt fürstlich ausstattete. Er liess auch Julius III. nicht aus, der für alle seine Liebschaften eine Anstellung im Vatikan fand, damit er ihnen möglichst nahe sein konnte. Doch als er behauptete, seit dem Mittelalter habe es immer wieder inoffizielle Schwiegermütter gegeben, die ihre Töchter den Päpsten geschickt unterjubelten, um dadurch die Macht am Hof an sich zu reissen, da platzte der Frau des Kirchgemeindepräsidenten der Kragen. «Schämen Sie sich, so etwas Unerhörtes zu verbreiten!», presste sie mit rotem Kopf hervor. «Sie schaden mit Ihren unhaltbaren Behauptungen unserer Mutter Kirche!» Es gebe beileibe schon genug Kritiker und Spötter, da müsse nicht noch einer aus den eigenen Reihen dazukommen. Wenn er so weiterfahre, dann habe sie den Herrn Pfarrer von diesen Ketzereien zu unterrichten. Nach diesem heftigen Zusammenstoss herrschte plötzlich betretenes Schweigen und eine Art Redeverbot im Paradiesli am ersten Tisch rechts neben der ausgeleuchteten Tortenvitrine.

Ja, der Papst und der Herr Pfarrer, das war so eine Geschichte. Mit dem echten Papst, der seit Menschengedenken in Rom residiert, hatte der Herr Pfarrer kaum Probleme; mit dem inoffiziellen Nachfolger des Petrus aus der eigenen Gemeinde hingegen schon. Begonnen hatte es an der Fasnacht vor fünf Jahren, als der Papst – den freilich damals noch niemand so nannte – in einer weissen Soutane als «Spontifex maximus» verkleidet am Maskenball auftauchte. Ein paar Minuten später erschien auch der Herr Pfarrer im Gewand eines kugelrunden Kapuziners, mit Kordel und Sandalen, im rappelvollen Saal des Restaurants Kreuz. Dieses karnevalistisch-klerikale Zusammentreffen sollte schon bald zum Dorfgespräch werden: Der falsche Oberhirte forderte zwar von seinem Mitbruder ganz in Braun keinen Ringkuss oder sonstige Ehrerweisungen, doch er grüsste ihn gestenreich und segnete ihn mehrfach mit fuchtelnden Händen, bis dieser noch vor der Demaskierung wutentbrannt die Veranstaltung verliess. Seit diesem denkwürdigen Aufeinandertreffen war der Papst über die Dorfgrenzen hinaus als Papst und der Dorfpfarrer endgültig als humorlos bekannt. Der Papst wehrte sich nur anfänglich gegen seinen ungewollten Ehrentitel; der Pfarrer war jedoch erbost und hätte ihn am liebsten direkt der Inquisition übergeben, wenn es diese noch in ihrer gefürchteten Form gegeben hätte. Einen Gegenpapst in seinem Pfarrsprengel konnte und wollte er nicht dulden.

Zu einem Gang nach Canossa oder ins Pfarrhaus war der Papst jedoch nicht bereit. Ganz ohne Furcht vor Folter und Scheiterhaufen erlaubte er es sich auch weiterhin, öffentlich ein Urteil *socrus papalis causa* zu fällen. Als an einem nebelverhangenen Oktobermorgen im Paradiesli die päpstlichen Schwiegermütter erneut ein Gesprächsthema waren, liess sich der pensionierte Oberlehrer Brechtbühl, nach mehreren Glas Glühwein notabene, zu einer Bemerkung hinreissen, die er so nicht geäussert hätte, wenn seine Frau anwesend gewesen wäre: Er bezeichnete den schwiegermutterlosen Zustand als einen der wenigen wirklichen Vorzüge des Papstamtes. Nur der gute alte Adam habe sich seinerzeit im Garten Eden in einer ähnlich glücklichen Lage befunden. Sofort erntete er für diese gewagte Aussage eine erboste Breitseite aus den Reihen der weiblichen Mitglieder der Kaffeerunde. Niemand aus der Männerfraktion traute sich, ihm offen beizustehen. Der Papst hätte ihm unter Umständen Rückendeckung geben können, doch der schmunzelte nur und genoss die Aufregung im Paradiesli am ersten Tisch rechts neben der ausgeleuchteten Tortenvitrine.

Zwei Wochen später befand sich der Papst auf einer Auslandsvisite; wie man munkelte, als Begleiter des Kirchenchors aus der Nachbargemeinde im Heiligen Land. Das Thema «Päpste und ihre Schwiegermütter» wäre nun wohl endgültig vom Tisch gewesen, hätte nicht genau an diesem Morgen der Briefträger eine kitschige Postkarte aus Israel im Paradiesli abgeliefert, auf der in künstlichem Blau das Nordufer des Sees Genezareth zu erkennen war, mit einer modernen Kirche im Vordergrund. Die klein gedruckte Legende auf der Rückseite wurde von Frau Oberlehrer Brechtbühl vorgelesen und lautete: «Ansicht auf das ehemalige Kafarnaum. Die heutige franziskanische Kirche wurde 1990 über der Stätte errichtet, wo sich laut Überlieferung früher das Haus des Simon, genannt Petrus, befand.» Darunter war eindeutig die Handschrift des Papstes zu erkennen: «Ich grüsse euch alle recht herzlich mit den Worten des Evangelisten Lukas, zu finden im vierten Kapitel: ‹Nachdem Jesus die Synagoge verlassen hatte, ging er in das Haus des Petrus. Dessen Schwiegermutter hatte hohes Fieber. Man bat Jesus, ihr zu helfen. Er trat an ihr Bett, beugte sich über sie und befahl dem Fieber zu weichen. Sofort war sie gesund. Sie stand auf und bediente ihre Gäste.»

Beinahe unleserlich hatte er in Klammern noch hinzugefügt: «Jetzt soll noch jemand behaupten, nicht auch Schwiegermütter hätten ihre guten Seiten.»

Der befleckte Pontifex

Wer sich als gesegnet erachtet, der nennt sich Benedikt; wer sich unschuldig fühlt: Innozenz; wer als Wohltäter in die Geschichte eingehen möchte: Bonifaz; und wer für seine Milde bekannt ist: Clemens. Einen passenden Papstnamen zu finden, das scheint jedoch gar nicht so einfach zu sein. Zum Glück kommen nur die wenigsten Menschen in ihrem Leben in diese aussergewöhnliche Situation. Frauen haben sich diesbezüglich überhaupt keine Sorgen zu machen, und auch Nichtkatholiken sind kaum gefährdet. Begonnen hat mit dieser Tradition übrigens Papst Johannes II. im frühen Mittelalter, der eigentlich Mercurius hiess, was ihm jedoch für einen Mann der Kirche eindeutig zu heidnisch klang.

Der Ordnung halber sei der streng logisch denkenden Leserschaft an dieser Stelle verraten, dass der erste Johannes sich keine Ziffer beifügte, da der Name Johannes sein Taufname war.

Gioacchino Vincenzo Pecci, ein erfahrener und zurückhaltender Vatikan-Diplomat, wurde an einem ausnehmend kühlen Februartag im Jahr 1878, kurz nach dem mittäglichen Zwölfuhrschlag von St. Peter, mit der anspruchsvollen Aufgabe konfrontiert, der altherkömmlichen Namensgebung gerecht zu werden. Dieser klerikale Ehrentitel sollte einerseits eine Art Devise für sein anstehendes Wirken als Kirchenführer darstellen, andererseits seine Präferenzen in der Ahnenreihe aufzeigen. Es wird berichtet, dass der feingliedrige Greis mit der imposanten Adlernase, nachdem er bereits im dritten Wahlgang überraschend die Mehrheit der Stimmen der Kardinäle erhalten hatte, abrupt in Tränen ausgebrochen sei und am ganzen Leib gezittert habe.

Eines war dem unerwartet Gewählten jedoch sofort klar: Den Namen seines Vorgängers durfte er auf keinen Fall annehmen. Nannte er sich ebenfalls Pius, dann würden sich dadurch die Konservativen bestärkt fühlen, bei den Liberalen in der Kurie wäre er jedoch sofort weg vom Fenster. Auch der Name seines Vorvorgängers, Gregor, war eine denkbar schlechte Hypothek. So erinnerte er sich in dieser entscheidungsschwangeren Stunde an seinen einzigen wahren Förderer in Rom, der ihm als einfachem Bürgersohn das Studium an der *Accademia dei Nobili* ermöglicht hatte und nannte sich fortan Leo – Nummer dreizehn in dieser stolzen Namensreihe. Genau dieser Name wurde Minuten später vom

Balkon verkündet; zwar nicht in das weite Rund des Petersplatzes hinaus – denn mit dem vereinten Italien, das sich 1870 den ehemaligen Kirchenstaat gewaltsam einverleibt hatte, stand der Vatikan noch immer auf Kriegsfuss –, jedoch von der kleineren Benediktionsloggia aus ins Innere der Peterskirche hinein.

Gioacchino Peccis Vorgänger, der berühmte Pius IX., hatte über drei Jahrzehnte auf dem Papstthron ausgeharrt und war dabei geistig immer enger, körperlich hingegen massiv breiter geworden. Da wirkte der zarte Leo – in seinem Auftreten alles andere als ein Löwe – im Vergleich dazu wie ein engelsgleiches Wesen. Auch akustisch gab es gewaltige Unterschiede: Hatte Pius als letzter «Papstkönig» noch mit donnernder Stimme in seinen gefürchteten Wutanfällen alles Moderne vermaledeit und die italienische Regierung samt König zu einem «Sack voller Vipern» degradiert, wirkte im Vergleich dazu Leos gehauchte Gelehrtenstimme wie der unsichere Gesangsvortrag eines vorpubertären Sängerknaben. Leo war auch erstaunlich aufgeschlossen und interessierte sich für die aufkommenden Errungenschaften der Technik. Dem Fotoapparat widmete er sogar ein enthusiastisches Gedicht. Ungewollt avancierte er zu einem der ersten Filmstars der Geschichte: Zittrige Schwarzweissaufnahmen aus der Jahrhundertwende, die tief im vatikanischen Filmarchiv ruhen, zeigen einen zerbrechlich wirkenden Hohepriester, der unaufhörlich, ja fast schon maschinell, imaginäre Massen von Gläubigen mit Segnungsgesten einzudecken scheint.

Doch Papst Leo war nichtsdestotrotz eine Respekt erheischende Erscheinung. Die Audienzen an seiner Statt waren ein unvergessliches Schauspiel an katholischer Prachtentfaltung. Sein Hofstaat glänzte wie ein mittelalterliches Kreuzfahrerheer, aufgereiht zum ruhmreichen Kampfe gegen jegliche Art von Falschgläubigkeit. Er selbst liess Huldigungen und Bittgesuche aus sicherer Entfernung auf sich einwirken, denn Päpste waren in jener Zeit noch «Unberührbare» und wurden keinesfalls, wie heute üblich, dem Volk zur Schau gestellt. Ein Papst blieb auf Distanz, schüttelte kaum Hände und küsste erst recht keine Kleinkinder auf die Stirn. Der Pontifex schwebte hocherhoben über die staunenden Gläubigen hinweg. Eine unbedachte Berührung des Nachfolgers Petri wäre einer Todsünde gleichgekommen.

Selbst als Leo einmal vor seiner Privatwohnung im Apostolischen Palast unglücklich stolperte und stürzte, traute sich vorerst niemand, ihm wieder auf die Beine zu helfen. Sogar die diensttuenden Schweizergardisten hielten sich angespannt zurück, da sie klar instruiert worden waren, dem Papst auf keinen Fall zu nahe zu treten. Es schien allen Anwesenden ungehörig, den gefallenen Oberhirten eigenhändig aus seiner misslichen Lage zu befreien, obwohl es ihnen eigentlich die christliche Nächstenliebe geboten hätte. Der sofort avisierte Kammerdiener wusste ebenfalls keinen Rat. Erst als nach einer langen, schmerzvollen Minute der ranghöchste Offizier der Nobelgarde in Paradeuniform auftauchte, konnte das pontifikale Malheur standesgemäss behoben werden.

Leo XIII. schien nicht von dieser Welt zu sein; alles irdisch Schwere hatte er abgelegt. Doch – ob man es glauben will oder nicht – auch Päpste zeigen manchmal Schwächen. So verehrte der gebildete Kirchenmann die Dichter der vorchristlichen Jahrhunderte über alles. Die Sprache Ciceros und Vergils war seine eigentliche Muttersprache. Auf seinem mächtigen Pult hielt er stets eine voluminöse Bibelausgabe bereit, um im Notfall rasch ein Büchlein eines heidnischen Autors zu kaschieren, falls er es beim Eintreten eines Gastes nicht mehr rechtzeitig in die Schublade hatte verschwinden lassen können.

Von einem ganz anderen Faible wussten jedoch nur seine allerengsten Bediensteten – und natürlich die auserwählten Klosterfrauen, die seinen Haushalt besorgen und seine Wäsche ins Reine bringen durften. Es war das bestgehütete Geheimnis im Vatikan. Der Diener der Diener Gottes, der altehrwürdige Bischof von Rom, der oberste Brückenbauer, der alleinige Hirte der Universalkirche – ja, auch er hatte eine nur allzu menschliche Schwäche: Es war, *nom d'une pipe,* doch tatsächlich der alte Verführer des Menschengeschlechts, der *tabacum maleficium,* der es Papst Leo angetan hatte.

Nicht etwa, dass er Zigarren geschmaucht hätte, wie es viele Kirchenfürsten in der heutigen Zeit praktizieren; nein, frei nach dem Motto «Kautabak ist der Körper des Tabaks, Rauchtabak der Geist, Schnupftabak die Seele» war er mit Leib und Seele dem Genuss des Schnupftabaks verfallen. Doch noch nicht genug – was daran das Allerunerhörteste war: Er bevorzugte ein englisches Präparat aus dem renommierten Hause Fribourg & Treyer, einem seit dem 18. Jahrhundert in London ansässigen Tabakgeschäft. Die braune Mixtur hiess Mitcham Mint und roch in feinen Zügen nach herber englischer Minze und brasilianischem Tabak. Es wäre wohl ein Skandal sondergleichen daraus entstanden, wenn die gestrengen Kurialen oder gar extern die Königlichen in der neu ernannten Kapitale Italiens davon die Nasen oder die Ohren vollbekommen hätten.

Man kann es zwar heute kaum glauben, doch in jener Zeit herrschte erstaunlicherweise in privaten Belangen völlige Diskretion in den verwinkelten Gängen des Vatikans. Doch Leo, der gebildete Genussmensch, konnte seinen geliebten Schnupftabak nur heimlich über einen Gewährsmann in London beziehen, der bis an sein Lebensende nicht erfahren sollte, wen er eigentlich genau beliefert hatte. Schnupftabak war zwar im 19. Jahrhundert durchaus salonfähig, für den Oberhirten der katholischen Kirche gehörte es sich jedoch in keiner Art und Weise, seine markante Nase mit zerstampftem und aromatisiertem Kraut aus dem Reich des unsäglichen Heinrich VIII. vollzustopfen.

Man schnupfte zwar ungeniert an den grossen Höfen Europas, und die Sitte, bei Begegnungen Tabak zu offerieren, gehörte weitherum zum guten Ton, doch im Vatikan herrschten diesbezüglich andere Sitten. Es war der Franziskanerpater André Thevet gewesen, welcher den Tabak nach Europa gebracht hatte, und Papst Benedikt XIV. hatte bereits 1744 im Trastevere die erste päpstliche Tabakfabrik eröffnet, doch für den Heiligen Vater war das braune Pulver tabu. Biblischen Belegstellen waren keine bekannt, das Tabakschnupfen wurde jedoch vom Heiligen Offizium als «moralisch bedenklich» und «dem liberalen Geist beförderlich» taxiert.

Der Pontifex befleckte sich regelmässig. Vor allem in den letzten Jahren seines Pontifikats soll das geschwächte Kirchenoberhaupt immer öfter ungewollt mit einer braun verzierten Nase aufgetreten sein. Einmal wurde er sogar während eines Staatsbesuchs von einer derart grässlichen Niesattacke befallen, dass man um sein Leben fürchten musste. Auch sein sonst so reines Papstgewand zeigte immer häufiger Spuren von zittrigen Prisen. Die um seinen Ruf besorgten Verantwortlichen in der Anticamera wünschten sich nicht selten, der Papst hätte doch besser eine rohe braune Kapuzinerkutte getragen anstatt eine weisse Soutane.

Das war alles jedoch noch gar nichts verglichen mit dem Missgeschick, das Leo bei einer Audienz in der Sixtinischen Kapelle unterlief. Es war üblich, dass der Papst, wenn er feierlich auf der *sedia gestatoria* durch die Menschenmenge getragen wurde oder sich auf seinem Thron zeigte, dem Volk mit dem sanften Heben und Senken eines weissen Taschentuches dessen untertänige Zuneigung erwiderte. Leo pflegte diesen byzantinischen Brauch mit viel Würde. Doch an jenem fatalen Morgen gönnte er sich auf dem langen Weg durch die vatikanischen Korridore heimlich mehrere Prisen frischen Schnupftabak. Kurz bevor er sich den erwartungsfrohen Gästen zeigte, schnäuzte er noch einmal kräftig aus.

Als er bald darauf zum rituellen Taschentuchgruss ansetzte, kam es zum Eklat: Die deutlich sichtbaren, grobkörnigen Schnupftabakrückstände auf seinem sonst blütenweissen Tuch waren derart massiv, dass drei bejahrte Damen in der *prima fila* – alles Gattinnen von südamerikanischen Botschaftern – mit Getöse ob der unverstellt geschauten Schandflecken in Ohnmacht fielen.

Dieses sonderbare Ereignis fand zwar keinen Eingang in die Geschichtsbücher, doch es bewirkte eine für den geübten Beobachter augenfällige Veränderung am päpstlichen Hof: In einer eiligst einberufenen Sitzung wurde beschlossen, dass die den päpstlichen Haushalt besorgenden Schwestern innert kürzester Frist *fazolletti bruni,* erdbraune Taschentücher, zu besorgen hatten. Und tatsächlich: Fortan grüsste der Papst in sicherem Braun. Erst Leos Nachfolger, der heilige Pius X., liess diesen ehrwürdigen Brauch endgültig aus dem pontifikalen Zeremoniell streichen, obwohl er selbst dem Laster des Tabaks in keiner Sekunde seines vorbildlichen Lebens erlegen war.

Raphaels Uniform

Es gibt an einem schwülen Julitag vermutlich tausend sinnvollere Tätigkeiten, als den Dachstock eines verstorbenen Urgrossonkels zu räumen. Erst recht, wenn man diesen sonderbaren Kauz nicht einmal gekannt hat. Der Verblichene hiess Raphael Zenklusen und war, wie es an seinem Namen unschwer zu erkennen ist, ein waschechter Walliser. Interessant wurde die Räumungsaktion, als wir in einem massiven Eichenschrank eine von Motten angefressene Uniform fanden, die irgendwie an die Tracht der Schweizergarde erinnerte, ihr jedoch nicht genau entsprach. Das Oberteil wirkte wie eine aus verschiedenen Stoffteilen zusammengenähte Jacke, die Puffhosen waren plump gestaltet. Ich hatte schon einmal davon gehört, dass Urgrossonkel Raphael Zenklusen als Soldat im Vatikan gewesen war, schenkte diesem Umstand jedoch nie gross Beachtung. Aus demselben Schrank bargen wir auch noch ein Schwert samt Gurt, eine Pickelhaube mit weisser Feder und ein in brüchiges braunes Leder gefasstes Buch. Als Jüngster der Räumungsequipe durfte ich am Abend den römischen Fund mit nach Hause nehmen.

Zwei Tage später begann ich im verstaubten Erbstück, das sich als ausführliches Tagebuch entpuppte, erwartungsfroh zu lesen. Die Spitzschrift meines Urgrossonkels war nicht einfach zu entziffern. Auf der zweiten Seite, unter dem Datum 15. Dezember 1910, fand ich den Eintrag: «Heute wurde der neue Herr Oberst im Quartier empfangen. Dieser führte eine erste Inspektion durch und zeigte sich ganz und gar nicht zufrieden mit dem Auftreten der Truppe. Das lasche Verhalten einiger älterer Kameraden quittierte er mit einem äusserst strengen Blick.»

Ich wollte mehr über diesen strengen Kommandanten erfahren, deswegen begab mich am darauffolgenden Tag in die Stadtbibliothek. Hier konnte ich in einem Geschichtswerk nachlesen, dass in der stolzen Ahnenreihe der Kommandanten der Päpstlichen Schweizergarde bereits 23 Namen verzeichnet waren, als 1910 unter Pius X. mit dem Freiburger Jules Maxime Repond zum ersten Mal überhaupt ein Nichtadliger zum Gardehauptmann ernannt wurde. Als Stabsoffizier der Infanterie hatte er eine für einen Katholiken höchst erfolgreiche Karriere in der Schweizer Armee hinter sich. Für die Neubesetzung der Gardeleitung schien er der richtige Mann zur richtigen Zeit zu sein.

Laut Reponds eigenen Angaben war der erste Eindruck, den die Garde auf ihn machte, alles andere als erhebend. Urgrossonkel Zenklusen hatte also die Lage richtig eingeschätzt. Ich betrachtete die vergilbten Schwarzweissbilder, die er sorgfältig in sein Tagebuch eingeklebt hatte. Dabei beschlich auch mich schnell einmal der Eindruck, dass die einst so gefürchtete Leibwache in jener Zeit zu einer karnevalesken Truppe ohne jeglichen Schneid verkommen war. Diese besorgniserregende Einschätzung traf jedoch nicht nur auf die äussere Erscheinung zu, denn auch um Disziplin und Ordnung innerhalb der Einheit muss es alles andere als gut gestanden haben. Die Gardisten sassen vornehmlich in der Kantine bei römischem Wein und erzählten Räubergeschichten. Niemand wollte sich beim Exerzieren die Finger wund scheuern. Würfelspiel und exzessives Pfeifenschmauchen war in den Gängen des Vatikans an der Tagesordnung. An Nachmittagen konnte man in der Loggia vor lauter Qualm kaum mehr die grossartigen Fresken an den Wänden erkennen. Da die Päpste in ihrem «vatikanischen Exil» nur noch selten in grossem Stil Hof hielten, war der einstige Repräsentations- zum eintönigen Wachtdienst verkommen. Ja, es kam sogar vor, dass Gardisten ihren Dienst an Bekannte in Rom verkauften, die dann mit Uniform und Hellebarde ausgerüstet stundenlang an einer verlassenen Pforte ausharrten. Dieselben Gardisten kassierten währenddessen als begehrte Reiseführer in der Stadt ein Mehrfaches ihres Solds.

Ich vertiefte mich in Urgrossonkel Zenklusens Ausführungen. Ein paar Seiten weiter hatte er kurz und bündig vermerkt: «Bei Repond läuft es anders als beim alten Meyer von Schauensee – nichts mehr von *dolce far niente*.» Weiter unten fand ich den merkwürdigen Satz: «Heute kursierte das Gerücht im Quartier, Repond sei in der Schweiz mehrere Jahre Präsident der Abstinentenbewegung gewesen; das kann ja noch heiter werden!» Und tatsächlich, mit Kommandant Repond schienen Gepflogenheiten *à la prusse* im Vatikan Einzug gehalten zu haben. Exerzieren stand nun ganz oben auf der Tagesordnung, was für ältere Gardeangehörige ein Novum und schlichtweg eine Überforderung darstellte. Um sechs Uhr morgens war Ergänzungsunterricht angesagt, Gewehrturnen wurde als neue Sportart eingeführt, stundenlang marschierte das Pikett im Gleichschritt durch den Ehrenhof, und der Herr Oberst führte, ausgestattet mit weissen Handschuhen, zeremoniell jegliche Art von Inspektionen durch. Raphael Zenklusen schloss seine Ausführungen mit der Bemerkung: «Sogar in der Freizeit werden wir Gardisten angehalten, geistliche Vorträge und Rosenkranzgebete zu besuchen. Währenddessen versauert der Wein in der Gardekantine.»

Ich blätterte weiter. Im Juli 1913 schien es aus diesem Grund sogar zu einer regelrechten Meuterei gekommen zu sein: Während sich Repond mit seiner Ehefrau auf Heimaturlaub befand, trat eine Gruppe Gardisten in den Streik und forderte die sofortige Entlassung eines ungeliebten Hauptmanns aus dem Freiburgischen. Erst nach einer Intervention des Staatssekretärs Merry de Val trat die Mannschaft dann doch zu ihrem Dienst an. So etwas Unerhörtes hatte sich in der vierhundertjährigen Tradition der Schweizergarde noch nie zugetragen. Mein Urgrossonkel rekapitulierte: «Heute früh ist Repond in aller Eile zurückgekehrt. Gardekaplan Corragioni d'Orelli schilderte ihm die Umstände. Darauf liess er die Truppe antreten und entliess ohne zu zögern den umstrittenen Hauptmann sowie die 26 ‹aufständischen› Gardisten. So mussten einige meiner alten Kollegen die Heimreise in die Schweiz antreten. Mit wüstem Geschrei verliessen sie das Quartier durch das Tor im Ehrenhof in Richtung Petersplatz.»

In meinem Geschichtsbuch aus der Bibliothek erfuhr ich, dass sich Repond im Zeichen der allgemeinen Erneuerung auch eingehend mit der Bewaffnung der Garde beschäftigt hatte. Bereits nach einem Jahr im Dienst konnte er die Gardisten mit einer der damals modernsten Infanteriewaffen ausstatten. Auch die Hellebarden wurden poliert und auf Vordermann gebracht. Wäre es nach Repond gegangen, hätte die Schweizergarde sogar sechs bis acht schwere Maschinengewehre erhalten. Doch hier hatte das zuständige vatikanische Staatssekretariat ein gewichtiges Wort mitzureden und blockierte das martialische Ansinnen.

Was aber erstaunlicherweise angeschafft werden konnte, waren 200 Handgranaten des norwegischen Modells Aasen. Diese waren mit einer zehn Meter langen Sicherungsschnur versehen, die sich erst beim Überschreiten dieser Distanz vom Wurfkörper löste und ihn zugleich mit einem unglaublichen Getöse zur Detonation brachte. Raphael Zenklusen erwähnte die gefährlichen Wurfkörper in seiner Schrift ebenfalls und ergänzte: «Habe mich sofort krankschreiben lassen, als eine scharfe Übung in einem Steinbruch in der Nähe des Monte Mario angesagt war.»

Aus dieser Zeit stammt wohl auch die Legende, dass sich der greise Papst Pius auf einem Rundgang nach der Funktionstüchtigkeit eines mächtigen Geschützes erkundigt habe, die ihm Repond in militärisch kurzen Worten bestätigte. Er zeigte dem erstaunten Papst sogar die dazugehörige Munition. Worauf der Papst erbleicht sei und umgehend angeordnet habe, diese Kanone müsse schnellstmöglich in den Keller verschwinden, denn der Vatikan werde mit anderen Mitteln als mit Waffen verteidigt. Nichtsdestotrotz hatte sich die Schweizergarde im Verlauf von knapp zwei Jahren von einer schlecht ausgerüsteten Rumpftruppe zu einer schlagkräftigen Einheit entwickelt. Repond hatte aus einer unmotivierten Wachtmannschaft eine Grenadiereinheit geformt, was ihm nebst vielem Lob auch kritische Stimmen einbrachte.

Doch Urgrossonkel Zenklusen fand für Monsieur le Colonel nicht nur kritische Worte. Im August 1914 notierte er: «Repond ist mehrfach im Staatssekretariat vorstellig geworden. Er fordert für uns die Renovation der verlausten Schlafsäle. Gerade jetzt während des römischen Sommers droht in diesen unsäglichen Löchern der Erstickungstod. Der Oberst hat sich auch für eine Lohnerhöhung eingesetzt. Ist höchste Zeit, sonst müssen wir noch betteln gehen.» Was er jedoch nirgends aufgeschrieben hatte, war der Umstand, dass die vom Freiburger Kommandanten eingeleitete Neugestaltung der altertümlichen Uniform die bis heute oft bestaunte, pittoreske Aufmachung der Garde ermöglichte.

Papst Benedikt XV. verfügte im November 1914 höchst persönlich, dass die Tracht der Schweizergarde zu ihrem ursprünglichen Aussehen zurückgeführt werden solle. Der Papst hatte die ihm von Repond erläuterten Skizzen ohne nennenswerte Einwände gutgeheissen. So erhielt Gardeschneider Nussbaumer den offiziellen Auftrag, mithilfe dieser Anweisungen eine im Aussehen weitgehend authentische Uniform des 16. Jahrhunderts zu erstellen. Was nun nach zahlreichen kleineren Korrekturen entstand, entspricht *grosso modo* der Galauniform der heutigen Tage. Repond versuchte, von der getollten Halskrause über den Ledergürtel mit dem Monogramm «GSP» auf der Messingschliesse bis hin zu den Puffhosen, Strümpfen und schwarzen Schuhen, ein stimmiges und auf keinen Fall theatralisch wirkendes Gesamtbild zu erzielen, dominiert von den Medici-Farben Blau, Rot und Gelb. Während Jahren hatte er, fachmännisch unterstützt durch Gardehistoriker Robert Durrer, Stilstudien über die Soldatentrachten der Renaissance angestellt; jetzt konnte er dieses Bücherwissen in die Tat umsetzen.

Eine der letzten Eintragungen in Korporal Zenklusens Büchlein lautete: «Heute haben wir die blaue Felduniform mit der Baskenmütze erhalten. Diese neue Kappe hat ein wenig die Form einer Pizza. Auch die unpassenden Pickelhauben wurden durch elegante schwarze Helme mit roten Federbüschen ersetzt.» Jetzt war mir auch klar, was für eine Uniform ich aus dem Dachstock im Wallis gerettet hatte, denn als allerletzte Reminiszenz an seinen Gardedienst brachte Raphael Zenklusen die Sätze aufs Papier: «Durfte zum Abschied meine alte Uniform samt Helm in die Schweiz mitnehmen. Repond hat mir kräftig die Hand geschüttelt und durchschimmern lassen, dass auch er Rom bald verlassen werde.»

Ich blätterte noch ein wenig im ausgeliehenen Geschichtsbuch. Auf einem älteren Foto, das anlässlich der Vereidigung von 1912 aufgenommen worden war, wirkt Oberst Jules Repond mit Helm, Vollbart und in seinem kunstvoll verzierten Brustpanzer wie der aus einem Bild von Rembrandt entsprungene Offizier mit Goldhelm. Seine Miene wirkt bestimmt, jedoch auch ein wenig konsterniert. Es scheint, als habe er bereits damals geahnt, dass ihm einst seine grossen Verdienste nicht vollumfänglich zugestanden werden würden. Und so wird tatsächlich bis auf den heutigen Tag in fast allen Rom-Reiseführern behauptet, nicht er, sondern der berühmte Renaissancekünstler Raffael habe höchstpersönlich die Uniform der Schweizergarde gestaltet. Fakt ist jedoch, dass die Schweizergarde bis ins 20. Jahrhundert selten während längerer Zeit dieselbe Uniform getragen hatte. Jules Reponds Parforceleistung führte schlussendlich dazu, dass die Gardisten heute in ihrer unverkennbaren Aufmachung einen Blickfang sondergleichen darstellen. Meister Raffaello Santi spielte natürlich ebenfalls eine wichtige Rolle, denn er hat dem um grösstmögliche Authentizität bemühten Gardekommandanten hilfreiche Anregungen in Form von gewaltigen Fresken geliefert. Und für mich gehört natürlich Raphael Zenklusen dazu, denn ohne sein Tagebuch und seine Uniform hätte wohl auch ich Oberst Jules Maxime Repond Unrecht getan.

Santa Maria Chi Lo Sa

Einen Stadtrundgang in Rom muss man unbedingt zu Fuss unternehmen – jedoch ganz bestimmt nicht in den Monaten Juli oder August. Da brennt die Sonne so unerbittlich, dass sich nur Hunde und Touristen auf die Strasse wagen und widerwillig jene Römer, die sich keine Ferien am Meer leisten können. Am besten lässt man sich im Frühling oder im Herbst als Flaneur, als ein für alles offener Spaziergänger, durch die Strassen gleiten, ausschliesslich durch die eigenen Passionen und Interessen angetrieben. Wenn die klimatischen Bedingungen stimmen, kann ausnahmsweise auch ein Roller gute Dienste leisten; auf keinen Fall sollte man sich jedoch von einem überfüllten Touristenbus durch die Ewige Stadt karren lassen. Ebenso ist dringend davon abzuraten, älteren Damen mit auffälligen Hornbrillen und noch auffälligeren Frisuren zu folgen, denn das sind meistens strenge Geschichtslehrerinnen im Ruhestand, die ihr kolossales Wissen den ihnen ausgelieferten Rombesuchern ungebremst in dünnem Englisch oder gebrochenem Deutsch um die Ohren hauen.

Ganz anders läuft das bei Michelangelo: Fachliche Kenntnisse besitzt er kaum, doch seine spontanen Führungen sind zweifellos etwas vom Unterhaltsamsten, was einem in Rom widerfahren kann. Er ist kein Intellektueller, sondern ein vom Leben Gebildeter. Lesen ist für ihn ein Zeitvertreib, und Bücher verschenkt er immer sofort weiter. So bin auch ich unerwartet zu einer abgegriffenen Ausgabe von Corrado Augias' phänomenaler Geschichte der Stadt Rom gekommen, einem 500-seitigen kulturgeschichtlichen Panorama, bei dem die Geschichten hinter der Geschichte im Vordergrund stehen. Um es vorwegzunehmen, Michelangelo oder Michy – wie ihn alle rund ums Pantheon nennen – ist ein waschechter *Romano de Roma,* von denen es in freier Wildbahn gar nicht mehr so viele gibt, wie man *prima vista* annehmen könnte. Schon seit Generationen waren Michys Vorfahren am Tiber ansässig und haben vermutlich schon im Kolosseum bei den Gladiatorenkämpfen ahnungslosen Zuschauern überteuerte Getränke angedreht.

Nur zwei Jahre war Michy aus Italien weg, um in den *Stati Uniti* American Football zu spielen und ein wenig Englisch zu lernen. Doch das ist lange her. Rom ist seine ganze Welt. Die Ewige Stadt kann ihm alles bieten, was er im Leben braucht, um sich glücklich zu fühlen. Die jungen Amerikaner kommen jetzt zu ihm, weil er eine weitherum bekannte Bar führt, die er Pub Miscellanea for American Students nennt; ein Lokal, in dem bereits die Eltern der heutigen Austauschstudenten Frascati aus riesigen Karaffen tranken und übermässig viel Perroni alla spina.

Doch auch das allergrösste Glück ist nicht einfach so zu ertragen, und so wettert Michy – wie es sich natürlich für einen richtigen Römer gehört – über korrupte Politiker und die «verrottete» Stadtregierung. «Früher war alles besser, da herrschte noch so etwas wie Ruhe und Ordnung», diese oder ähnliche Behauptungen hat er auch schon mal unkontrolliert nach ein paar Drinks ausgestossen, um dann jedoch nicht – wie das noch immer ältere Römer ungeniert tun – als Urheber dieses fabelhaften Wunschzustands den Namen des Duce zu bemühen. Genau dieselben Geschichtsverfälscher pflegen dann noch schwelgerisch anzufügen, dass man in jener «guten alten Zeit» in der Stazione Termini stundenlang sein Gepäck unbeaufsichtigt habe stehen lassen können, ohne dass etwas gestohlen worden sei. Märchen, die nicht einmal die Kinder glauben.

Michy beharrt jedoch auf dem Umstand, dass seit Jahren in Rom alles bergab geht und die Unordnung überhand nimmt. Rom und Ordnung, diese zwei Begriffe passen jedoch einfach nicht zusammen, denn im Nabel der Welt hat die Weltgeschichte aufs Übelste ihr Unwesen getrieben. Es gibt kaum eine Mauer oder Strasse, die keine historische Bedeutung hat. Die ganze Altstadt von Rom ist eine Riesenbühne, und die Piazza ist ihr pulsierendes Herz. Noch heute ist es möglich, wenn man sich genau umschaut, Julius Cäsar als Chef einer Trattoria zu erkennen, Brutus als elegant gekleideten Servierboy, Papst Alexander mit weissem Helm als furiosen Verkehrspolizisten auf der Piazza Venezia oder einen schwadronierenden Nero als Kommunalpolitiker mit dem Hang zur rhetorischen Brandstiftung. Natürlich muss der auch in Rom genau wie Peter Ustinov in «Quo Vadis» aussehen.

Zwar treibt das Spekulantentum auch in Rom seit dem Bau der ersten *insulae* vor über 2000 Jahren sein Unwesen, doch nicht wenige Vertreter des *popolino,* des römischen Kleinvolks, verteidigen unbeeindruckt ihre Stellung in Wohnungen, die von aussen her betrachtet, Jahrhunderte von Zerfall widerspiegeln, jedoch dem auserwählten Gast ein erstaunliches Innenleben eröffnen können. Auch Michy würde sich ohne Zögern zum *popolino,* dem stolzen Kleinbürgertum, bekennen. Er würde sogar noch einen Schritt weiter gehen und als Begründung seines Bekenntnisses anführen, dass er als glühender Fussballfan und Lazio-Rom-Anhänger zur ehrlich arbeitenden Schicht der Stadt gehöre. Die anderen – und damit meint er durchs Band die *Romanisti,* die Tivosi der AS Roma – würden laut seiner persönlichen Einschätzung mit gefälschten Sonnenbrillen den ganzen Tag auf ihren *motorinos* durch die Gassen kurven und dem Staat als getarnte Sozialbezüger auf dem Geldbeutel sitzen. Ja, katholisch, oder etwas Ähnliches, sind eh die meisten in Rom; das wahre und entscheidende Bekenntnis unterscheidet jedoch zwischen Rot-Gelb und Himmelblau-Weiss. Eine altbekannte Geschichte, nämlich die von Romulus und Remus, jedoch in der Variante des 20. Jahrhunderts, mit den durch massive Gitterzäune gesicherten Sektoren im Olympiastadion als Schutzwällen zwischen den rivalisierenden Brüdern.

Nebst Fussballfanatismus gehört sporadisch auch öffentlich zelebrierte Papsttreue seit Jahrhunderten zum Wesen des einstigen Weltnabels – zumindest in Reichweite des Vatikans. Auch Michy marschiert gelegentlich an einem Sonntag in einem piekfeinen Aufzug in Richtung Petersdom, denn er kennt Leute, die ihm Zugang zu Papstaudienzen verschaffen können. *Amici degli amici* sind in Rom eh die beste Lebensversicherung, wenn man nicht gesellschaftlich verhungern will. Päpste hat diese Stadt wahrlich genug gesehen, und auch der lokale Adel hat stets mit allen Mitteln versucht, im Konklave vorn mitzumischen, obwohl ihm immer wieder die «glubschäugigen Florentiner» in der Sonne standen. In den nicht immer ganz zuverlässigen Papstlisten tauchen über 250 Namen auf; ein heiliges Ritual von feierlicher Inbesitznahme und stillem Wegtragen, oder pragmatisch römisch: «*Morto un Papa, se ne fa un altro* – Wenn ein Papst stirbt, dann macht man halt den nächsten.»

Nebst kantigen Sprichwörtern sind auch zuckersüsse Lieder am Tiberufer sehr beliebt. «Arrivederci Roma» trällert eine bekannte Schlagermelodie aus den Fünfzigerjahren. «Rome. Old place – new face» schmettert der aktuelle Slogan des römischen Tourismusverbands. Japaner marschieren in militärischen Formationen von einer Sehenswürdigkeit zur anderen, Amerikaner staunen über die Tatsache, dass Gebäude, die 500 Jahre alt sind, noch mehr oder weniger in voller Pracht dastehen, und Nordeuropäer können nicht fassen, wie sich die römische Verkehrslawine ihren Weg durch die unwegsamen Strassenschluchten bahnt, indem sie zuerst eine Flut von Motorrädern ausspuckt, gefolgt von Millionen von Autos und silbrigen Bussen. «Old place – new face» – böse Zungen behaupten zwar, in Rom verändere sich nichts, und wenn, dann nur zum Schlechten, doch Rom dreht und wendet sich seit Tausenden von Jahren, und trotzdem bleibt tief im Innersten alles gleich.

Es geschehen zwar nicht immer Zeichen und Wunder, doch erstaunliche Dinge haben sich in den letzten Jahren in der italienischen Hauptstadt zugetragen: Einstmals chaotischste Verkehrsachsen wurden plötzlich zu Fussgängerzonen entschärft, auf der U-Bahn-Karte finden sich laufend neue Stationsnamen, und die Preise der Restaurants rund um die begehrten Sehenswürdigkeiten verdoppeln sich nur noch alle fünf Jahre; einzig die öffentlichen Toiletten sehen noch immer aus wie zerbombte Zweitweltkriegsfestungen. «Rom ist eh keine Stadt sondern eine belebte Ruine», würde Michy sofort einwenden. Ob Stadt oder Ruine, Rom ist eine der angesagtesten Bühnen der Welt. Über drei Millionen Selbstdarsteller, die tagtäglich schauspielerische Höchstleistungen vollbringen.

Mit Händen und Füssen wird in den Gassen kommuniziert, aber auch in einer Art Sprache. *Romanesco* nennt man den seltsamen Wortgesang, der sich oft auf eine Ansammlung von Schimpfwörtern reduziert. Niemand Geringerer als der grosse Dante hatte sich mehrfach über die sprachliche Schnoddrigkeit der Römer ausgelassen, was diese, wenn sie es gewusst hätten, wohl bloss zu einem: «*Chi se ne frega* – Wen kümmerts» veranlasst hätte. Der römische Mutterwitz macht auch vor den Toten nicht Halt. Die Römer pflegen als passionierte Familienmenschen einen hingebungsvollen Totenkult, und deshalb gilt die schlimmste Beleidigung im Romanesco den Toten: *«Li mortacci tua!»* Nicht die lebenden Angehörigen, sondern die Ahnen beschmutzt dieser Fluch – *eh, siamo a Roma.*

Rom kann man tatsächlich nicht begreifen – höchstens erleben: ein gigantisches Opernspektakel, bei dem die Musik durch Sirenen und Motorengeräusche dominiert wird, der Chor aus einem babylonischen Stimmengewirr besteht, das Publikum aus der ganzen Welt anreist; ein Meisterwerk, in dem alles zu finden ist – bis auf die Pausen. Zum Glück gibt es in diesem Tohuwabohu noch Menschen wie Michy, die einen ein Stück weit in diese geheimnisvolle Welt einführen können.

Seine unangekündigten Führungen beginnen meistens in den frühen Morgenstunden, wenn seine Bar hinter dem Pantheon nach dem dritten Besuch der Carabinieri-Streife endlich dichtmacht. Dann geht es zuerst zu den riesigen Markthallen unweit der Porta San Paolo, wo man sofort von Farben und Gerüchen gefangen genommen wird und die Tomaten so saftig sind wie zu dieser Uhrzeit nirgends sonst in der ganzen Welt. Auf dem Rückweg über die Via Ostiense, eine jener berühmten Strassen, die ja alle irgendwie nach Rom führen, gibt es die besten *cornetti con crema* in einem Caffè, das nur Müllabfuhrmänner, Prostituierte und Nachtschwärmer kennen. Michy schweigt und geniesst. Er ist ein bekennender Flaneur, dem die Details einer Umgebung zwar nicht egal sind, der jedoch keine Nachforschungen betreibt. Er kostet Rom aus und will es nicht ergründen. Zurück im Centro, begeistert ein Blick vom höchsten Punkt des Gianicolo auf die langsam erwachende Stadt, um dann durch das dörfliche Trastevere zu rollen, vorbei an dem noch von Touristen verschonten Petersplatz.

Michy verweilt absichtlich nie zu lange an einem Ort, sonst würde die Gefahr bestehen, dass man melancholisch werden könnte. Langsam knattern die Vespas über das Kopfsteinpflaster durch die engen Gässchen des Borgo Pio über die Engelsbrücke zum Pantheon zurück, wo bei Tazza d'Oro, hinter halb verschlossenen Rollläden, der meistgerühmte Ristretto der Stadt wartet. Will bei einem Halt einer aus der kleinen Gästeschar wissen, wie einer der unbedeutenden Plätze oder eine der Nebenstrassen heisst, dann schmunzelt Michy und hebt theatralisch seine Hände. Kommt jemand sogar auf die Idee, nach dem Namen einer der über 500 mehr oder weniger bekannten Kirchen in Rom zu fragen, dann folgt stets ohne Zögern dieselbe Antwort: «*Santa Maria Chi Lo Sa* – Sankt Marien Wer-weiss-schon-welche.»

Roma Terminus

Die zwei grauhaarigen Damen haben eine Insel für sich gefunden. Ich gebe es zu: Diese Vorbemerkung ist zynisch, denn die besagten Frauen haben schon seit Jahren ihre notdürftige Bleibe auf einer Verkehrsinsel unweit des Bahnhofs Termini in Rom aufgeschlagen. Sie sind Obdachlose – oder *barboni,* wie man sie hier nennt –, deren einzig Hab und Gut aus zwei mit allerlei Gerümpel überladenen Rollstühlen besteht. Meistens sitzen die beiden auf umgekehrten Plastikkübeln und starren in die Ferne oder auf den Boden. Nur selten sprechen sie miteinander. Die Römer scheinen sich an diese armseligen Erscheinungen gewöhnt zu haben, Touristen bleiben irritiert stehen und können die Verwahrlosung der beiden Schiffbrüchigen nicht fassen. Die zwei Frauen bewegen sich kaum von ihrer zerfetzten Wagenburg weg, sogar ihre dringlichsten Geschäfte verrichten sie für alle sichtbar in unmittelbarer Nähe ihrer Papier- und Lumpensammelstelle.

Jedes Mal, wenn ich nach Rom komme, bin ich gespannt, ob die beiden Frauen noch da sind. Und jedes Mal, wenn ich an der Via Solferino ihre Müllberge erblicke, bin ich von Neuem berührt und frage mich, warum in der Zwischenzeit niemand eingegriffen und die Frauen in eine soziale Einrichtung gebracht hat. Nur zwanzig Meter davon entfernt steht das Denkmal des römischen Künstlers Oliviero Rainaldi. Es zeigt Papst Johannes Paul II. und erinnert irgendwie an einen bauchigen Baumstamm, dem man ein menschliches Haupt aufgesetzt hat. Viele Römer spotten es sogar «heilige Blechbüchse» und empfinden das im Frühling 2011 errichtete Kunstwerk als eine Schande. Die überlebensgrosse Statue ist der Länge nach aufgetrennt und soll dadurch eine einladende Geste vermitteln, was wahrlich nicht so ganz gelingt.

Ich wurde Ende der Achtzigerjahre als Schweizergardist einmal Augenzeuge einer eindrücklichen Geste. Johannes Paul II. empfing nach einer Generalaudienz auf dem Petersplatz eine Gruppe Clochards aus der Umgebung von Rom, die von Mutter-Theresa-Schwestern betreut wurden. Ein Teil der rund drei Dutzend verwahrlosten Männer hatten sich zuvor während der Audienz lautstark und wenig schmeichelhaft über das Oberhaupt der katholischen Kirche ausgelassen. Nun stand der Papst direkt vor ihnen. Und noch mehr: Er begann nach einer kurzen Begrüssung jeden Einzelnen zu umarmen. Alle Anwesenden waren sichtlich berührt. Auch ich muss gestehen, dass sich keine andere Begebenheit während meiner Dienstzeit bei mir so eingeprägt hat wie diese unerwartete Nähe des Papstes mit den zerfetzten Männern.

Johannes Paul II. ist im April 2005 gestorben. Der umstrittene Papst auf dem Platz vor der Stazione Termini ist noch da. Er wurde aus massiver Bronze gefertigt und bewegt sich nie. Sonst bewegt sich viel auf den Strassen und Plätzen rund um den Hauptbahnhof von Rom. Nur auf die beiden Frauen, die auf ihrer Insel im unbändigen Verkehr von Rom ausharren, auf die bewegt sich niemand zu. Lange Zeit war ich überzeugt, die Bezeichnung «Termini» beziehe sich auf das lateinische Wort «terminus», was auf Deutsch «Endstation» bedeutet. Das wäre ja auch nicht völlig aus der Luft gegriffen gewesen. Bis ich dann in einem schlauen Buch las, dass sich der Begriff «Termini» auf die gegenüberliegenden Mauerreste der einstmals riesigen Therme des Kaisers Diokletian bezieht. Zu den beiden Inselfrauen – die sich bestimmt nicht einmal ansatzweise um die ältere und neuere Geschichte Roms scheren – passt jedoch der Begriff «Terminus» zweifellos erschreckend gut. Ich bin gespannt, ob die beiden bei meinem nächsten Besuch noch da sind.

Plinius der Mittlere

Am besten gehalten ist der erwachsene Mann zweifellos in der Obhut einer älteren Serviertochter. Diese tiefe Weisheit konnte bereits Plinius der Mittlere, nicht zu verwechseln mit *Gaius Plinius Maior* und *Gaius Plinius Minor,* als mehr oder weniger fleissiger Chronist am Hof des Kaisers Hadrian ganz aus eigener Erfahrung bestätigen. Ausgedehnte Tavernenbesuche hatten ihn Schluck für Schluck zur Überzeugung gelangen lassen, dass auf dem weiten Erdenrund wohl kaum ein erquicklicheres Geschöpf existiere als eine erfahrene Dame beim Weinausschank. Und so bannte er auf Pergament, dass ihr nützlicher Dienst – wie kaum etwas anderes – dem Manne sein sonst so von Mühen geprägtes Erdendasein erleichtern könne.

Ihre satte Lebenserfahrung gewährt der reifen Serviererin in ihrem Wirken unerschütterliche Ruhe und genügend Übersicht, wobei sich zusätzlich die mütterlichen Instinkte vollumfänglich entfaltet können. Nie wird man bei ihr lange vor einem leeren Becher darben. Hat man einmal ihr Herz gewonnen, so wird diese grenzenlose Zuneigung nimmermehr erkalten. Auch wenn die Zahlungsmittel des vertrauten Zechers einmal rar werden, bleibt ihre unerschütterliche Treue gewiss. Ihr Mund ist voll von süssen Worten, selbst wenn die eigene Zunge schwer wird. Nie ist sie nachtragend, das Vergessen ist ihre Stärke, jedoch nicht beim gewissenhaften Aufnehmen der Bestellungen.

Wenn man böse in der Kreide steht, übersieht sie gelegentlich, sämtliche konsumierte Becher anzurechnen. Ein gutes Wort und ein tief treuer Blick belohnen sie dann für ihre unschätzbaren Dienste. Sogar wenn die Stunde gekommen ist, das feuchtfröhliche Gelage zu verlassen, wird sie nicht aufsässig. Selten mahnt ihre Stimme zum Valet. Genau diese einzigartige und edle Eigenschaft erhebt sie in diesem Moment sogar über das treue Eheweib.

Café Bräunerhof

Ja, das waren noch Zeiten, als man im Abendland genüsslich eine Schale Biersuppe zum Frühstück schlürfte. Eine rohe und grobschlächtige Epoche, aus der Reiseschriftsteller aus dem abstinenten Morgenland – Muselmanen notabene – erstaunt zu berichten wussten, dass kein erwachsener Abendländer nach elf Uhr morgens, also noch lange vor den Abendstunden, durch Nüchternheit glänzen konnte. Diese kooperative Benebeltheit hat, wie zahlreiche Quellen belegen, nachhaltig Eindruck gemacht. Für die Morgenländer stellte der Grund dafür, der «Alkuhl», jedoch keinen ganz Unbekannten dar, denn die Technik der Destillation hatten die Europäer ursprünglich von den Arabern abgekupfert. Und bis zum Eingreifen des Propheten Mohammed waren der Nahe Osten und Nordafrika für einen beträchtlichen Weinkonsum bekannt. Er wurde erst von oberster Stelle untersagt, als im Suff eine wichtige Schlacht verloren gegangen war.

Die enthaltsamen Morgenländer fühlten sich fortan, nicht nur morgens, eher dem «Türkentrank» zugeneigt, jener pechschwarzen Flüssigkeit, die heute landauf und landab als Kaffee angeboten wird. Im Norden etwas dünner und undefinierbarer – im Folterjargon als «Schwedentrunk» bekannt –, im Süden konzentriert und nachhaltig. Espresso nennt man das, und wenn es noch konzentrierter aus der Maschine tropft, dann heisst es Ristretto, das wissen im Nespresso-Zeitalter schon die Primarschüler. Dieser arabische Zaubersaft hat den Vorteil, dass er nicht für eine promillebedingte Verklärung, sondern für eine koffeinhaltige Aufklärung sorgt – und tatsächlich soll er in den Salons der aufklärerischen Denker literweise konsumiert worden sein. Sympathisanten der Französischen Revolution liebten ihn, und in England liess man ihn sogar zeitweise verbieten, da man befürchtete, dass er vor allem den Wirrköpfen dermassen in den Kopf steigen würde, dass zwar kein Gewaltsrausch, jedoch ein Gewaltrausch daraus resultieren könnte.

Wirrköpfe, selbst ernannte Aufklärer, in sich gefangene Freidenker, maulwurfartige Büchermenschen und somnambule Lebenswandler, all das findet man noch heute im Café Bräunerhof, mitten im ersten Wiener Gemeindebezirk, in der Nähe der Hofburg. Früher vermutlich noch mehr als heute. Es waren abgebrannte Künstler und sogenannte Kaffeehausliteraten, die in den geschichtsträchtigen Hallen ihr

Leben verlebten. Noch in diesen Tagen geistern sie als humanes Lokalkolorit durch die Reiseführer. Neues, gespenstisches Leben blüht in manch einem Lokal in ihrem Angedenken aus den Ruinen der grossen Kaffeehauskultur, für touristischen und einheimischen Bedarf. Ein heiter-wehmütiges Spiel mit der Vergangenheit. Dem Personal im Bräunerhof ist dieses Brimborium egal, denn es beliefert alle mit derselben unnachahmlichen Tranigkeit. Mit falscher Freundlichkeit hat man hier nichts am Hut. Anstatt eines einladenden «Was darf ich Ihnen bringen?» reicht ein schnoddriges «Wissma scho was?».

Der Bräunerhof hat sich abseits der grossen Touristenströme beinahe aus dieser literarisch-wirtschaftlichen Entwicklung heraushalten können, hätte nicht einer dieser Wirrköpfe, der später zu Weltruhm gelangen sollte, regelmässig in den nikotinvergilbten Räumen Kaffee getrunken und Zeitung gelesen. Für ihn wäre es jedoch – und das mit Bestimmtheit – eine veritable Beleidigung gewesen, in den Dunstschweif der Kaffeehausliteraten gerückt zu werden. Im Grunde genommen hasste er die Einrichtung «Kaffeehaus» aus tiefstem Herzen. Thomas Bernhard, um den es hier geht, zog es jedoch immer wieder in die «nach penetrantem Küchengeruch riechende Halle», obwohl er sich mehrfach beschwerte, dass alles darin gegen ihn sei. Bei einer Melange oder einem grossen Braunen widmete er sich jeweils der Lektüre der zahlreichen ausländischen Blätter, die bis heute beim Eingang ausgebreitet sind. Er hätte natürlich auch ins nahe gelegene Café Hawelka gehen können, doch dort war ihm der «rot-weiss-rote Mief» noch unerträglicher.

Ich bin durch Zufall in die Stallburggasse geraten, eine unscheinbare Strasse im Bereich der ehemaligen Stallungen des kaiserlichen Hofs, und wäre beinahe am Café Bräunerhof vorbeimarschiert. Auch ich griff automatisch nach einer Zeitung, als ich in den von zwei Säulen unterbrochenen Innenraum trat, der in regelmässigen Abständen von Kleiderständern bevölkert ist. Eine Eingangsmusterung durch die bereits Anwesenden erfolgte nicht. Auch die Kellner nahmen anfänglich keine Notiz von mir. Das ungerahmte Foto von Thomas Bernhard, eines unter vielen Schwarzweissbildern an den Wänden im Bräunerhof, habe ich erst beim Gang auf die Toilette bemerkt. Es schien mir deplatziert, wie so vieles im Bräunerhof. Der Meister sitzt auf dem Foto wie im ärgsten Winter festgefroren, leicht schräg auf einer der stoffbezogenen Bänke und starrt über die vor ihm auf dem Salontisch ausgebreiteten Zeitungen hinweg. Als Hintergrund des Bilds wirkt die altmodische Telefonkabine wie ein aufgestellter Sarg mit Sichtfenster. Es ist zwar nicht erwiesen, aber es soll hier im Bräunerhof gewesen sein, wo der Schauspieler Helmut Qualtinger, der sich selbst immer wieder fragte, ob er ein Mensch oder ein Wiener sei, auf die Idee kam, den Verein zur Förderung der Senkrechtbestattung zu gründen.

Der Bräunerhof ist wie ein älterer Staatsmann, der sich die Haare nicht färbt. Die in Kaisergelb verfliesste Fassade hat den Charme einer vollgepinkelten Bettdecke. Die Eingangstüre knallt beim Eintreten wie ein ungewollter Schuss aus einem Karabiner. Vermutlich war das auch schon in den Jahren so, als Thomas Bernhard hier jeweils vormittags einkehrte. Den in den Niederlanden geborenen Bernhard hatte ich erst nach meinem offiziellen Literaturstudium richtig kennengelernt. Einerseits bewunderte ich seinen atemlosen Stil, andererseits schien er mir vollständig durchgeknallt. Es fiel mir nicht schwer, mir vorzustellen, wie er an einem kargen Tischchen sitzend seinen grossen Braunen schlürfte, ein ungerades Mal eine Eierspeise bestellte, und über die Welt oder Wien oder seine Welt Wien oder Wien in der Welt oder ganz etwas anderes sinnierte. Vielleicht blieben seine Gedanken auch ab und zu bei seinem leiblichen Vater hängen, den er nie kennenlernen durfte. Meistens hat er jedoch einfach nur gelesen. Ab und zu sei er zornig geworden. Auch andere Künstler und Schöngeister haben in den Cafés herumgetobt. Joseph Roth hat sich bisweilen den ganzen Frust vom Leib geflucht. Die Kaffeehäuser waren seine Anlaufstelle, wenn er kein Geld mehr für Brandwein hatte. Gelegentlich gerieten sich auch nüchterne Zeitgenossen in die Haare, und in Paris soll es sogar ein Café gegeben haben, das ein Hinterzimmer für die Austragung von Degenduellen bereitstellte.

In Wien beliess man es bei Rededuellen. So kreuzte man zum Beispiel im berühmten Café Central seine intellektuellen Klingen. Arthur Schnitzler, Franz Kafka, Oskar Kokoschka und Adolf Loos waren Stammgäste; der Autor Peter Altenberg gab das Central sogar als Wohnadresse an. Der Wiener Schriftsteller Alfred Polgar bemerkte dazu: «Das Central ist ein Ort für Menschen, die die Zeit totschlagen müssen, um nicht von ihr totgeschlagen zu werden.» Doch auch Adolf Hitler und Josef Stalin besuchten das Kaffeehaus, lange bevor sie die Welt mit ihren unheilvollen Ideen verseuchten. Das Kaffeehaus verwehrt noch heute niemandem den Eintritt, und nicht wenige der Dauergäste begnügen sich über Stunden mit einer einzigen Bestellung.

Ein dänischer Geologe hat einmal ausgerechnet, dass Österreich das schwerste Land Europas sei. Diese sonderbare Entdeckung hätte bestimmt auch

Thomas Bernhard gefallen. Laut den Berechnungen dieses Forschers wiegt Österreich 112 Milliarden Tonnen pro Quadratkilometer. Ob das wirklich zutrifft, weiss ich nicht, doch es scheint mir in Bezug auf das Wiener Gemüt zu stimmen. Schwere Lasten tragen in Wien viele herum. Die Donaumetropole selbst ist wie ein in die Jahre gekommener Luxusdampfer, der majestätisch durch den Ozean der Jahrhunderte pflügt.

Das Kaffeehaus erscheint in diesem globalen Gefüge wie ein Wartsaal für Weltverweigerer. Menschen, die sich zwar nicht wie Einsiedler der Zivilisation entfliehen, die jedoch dem dröhnenden Weltenlauf mit Distanz und Skepsis begegnen; Philosophen des Rückzugs und Meister des Monologs, ganz so wie Thomas Bernhard. Der jüdische Schriftsteller Egon Friedell, selbst tagtäglicher Gast im Kaffeehaus, hat diesen Umstand folgendermassen umschrieben: «Der Philosoph weiss, dass nichts ganz wichtig und ganz ernsthaft ist: Daher kann er sich über alles hinwegsetzen und über alles lachen. Aber ebenso gut weiss er, dass nichts ganz unwichtig und ganz lächerlich ist: Daher nimmt er eigentlich wieder alles ernst und setzt sich über nichts hinweg.»

Thomas Bernhard hätte zugestimmt. Zusätzlich hätte er darauf hingewiesen, dass Egon Friedell diese

Geisteshaltung unerschrocken in die Tat umgesetzt habe. Einen Tag nach dem «Anschluss» Österreichs an das Deutsche Reich sprang er, als zwei SA-Männer an seiner Türe klingelten, aus seiner Wohnung in der Gentzgasse aus dem dritten Stock in den Tod. Im Bräunerhof hatte er zuvor seinen Freunden anvertraut, er wisse jetzt mit Bestimmtheit, dass der Einzelne von der ihn umgebenden Welt erdrückt werden könne. Thomas Bernhard erlebte diese beklemmende Enge im NS-Internat Johanneum in Salzburg, wo er knapp überlebte. 1989 setzte ein Herzversagen seinem Leben ein Ende. Um den Wienern ihre funebre Wollust zu vermiesen, wurde sein Hinscheiden erst publiziert, als er schon unter der Erde des Grinzinger Friedhofs lag.

Viele andere sind in Wien früh aus der Welt gegangen. Nicht wenige haben selbst Hand angelegt. Der Maler Egon Schiele starb im Alter von 28 Jahren an der Spanischen Grippe – drei Tage nach seiner schwangeren Frau. Franz Schubert wird nur wenig älter als dreissig. Die Flucht des «heiligen Trinkers» Joseph Roth endete mit 45 Jahren, körperlich in Paris, jedoch im Kopf in Wien. Auch die Wiener Jüdin und Tagebuchautorin Ruth Maier starb in der Ferne. Sie floh vor der Verfolgung nach Norwegen, wo sie im Spätherbst 1942 während der grossen «Judenaktion» nach Auschwitz deportiert wurde. Das Schiff, mit dem die 21-jährige Ruth weggebracht wurde, hiess zynischerweise «Donau». *Herr Karl*-Regisseur Erich Neuburg fand man mit 39 erhängt auf dem Dachboden seines Theaters. Der schwerkranke Kronprinz Rudolf von Habsburg entledigte sich mit 31 Jahren auf Schloss Mayerling seines höfischen Lebens. Der junge Philosoph Otto Weininger schoss sich nach der Veröffentlichung seines Werkes in die Brust, zwei Brüder von Ludwig Wittgenstein bereiteten ihrem Leben ein frühes Ende und der Dichter Georg Trakl starb mit 27 an einer Überdosis Kokain. Popstar Falco verunglückte mit 41 bei einem Autounfall tödlich. Sein pompöses Grab auf dem Zentralfriedhof ist noch immer eine Pilgerstätte. In Montreal gibt es ein Café Falco, in Wien nicht.

«‹Was soll ich tun?›, fragte er. ‹Tu dir ein Kaffeehaus auf!›», heisst es in einem arabischen Volksmärchen, das im 19. Jahrhundert aufgezeichnet wurde. Das Kaffeehaus ist zweifellos ein Ort der Begegnung, jedoch auch eine Stätte des Rückzugs. Im Orient war es ein Treffpunkt, wo man sich Geschichten erzählte; in Wien erzählen einem die Kaffeehäuser Geschichten – wenn man gut hinhört.

Johanna die Wahnsinnige

Die edelste öffentliche Bedürfnisanstalt, die ich je aufsuchen durfte, befindet sich zweifellos im Herzen Wiens. Es handelt sich um die Jugendstiltoilette am Graben in Sichtweite der grossen Pestsäule. Die in Braun und Weiss gehaltene Einrichtung lädt zum Verweilen ein, obwohl es wohl kaum einen unpassenderen Aufenthaltsort gibt als ein stark frequentiertes Grossstadt-WC. Die Pissoirs erinnern an aufgerissene Fischmäuler, und der verzierte Mosaikboden könnte durchaus irgendwo in einem ländlichen Lustschlösschen das Interieur bereichern.

Während meiner Studienjahre in Wien war ich auf dem Nachhauseweg regelmässiger Gast in diesem pittoresken Notdurftpalast, den man über eine Treppe erreichen kann, die vom bevölkerten Graben hinunter in die weit verzweigte Wiener Unterwelt führt. Meistens hat mich jedoch nicht der natürliche Drang oder der architektonische Trieb hierhergeleitet, sondern die Hausherrin dieser einzigartigen Anlage. Die «Hauslfrau» war eine wortkarge ältere Dame mit edlen Gesichtszügen. Obwohl sich unser

Kontakt jeweils auf einen flüchtigen Gruss beschränkte, wusste ich, dass die stets ordentlich gekleidete Schwarzhaarige Johanna hiess. Ein Kommilitone hatte mir einmal beim Heurigen erzählt, dass diese in ganz Wien bekannte Toilettenfrau eigentlich aus Kastilien stamme. Sie sei eine verarmte Adlige, die während der Franco-Herrschaft in Spanien ihr ganzes Hab und Gut verloren habe. In buchstäblich letzter Sekunde sei sie über das Mittelmeer und durch Italien nach Österreich gelangt. In Wien fand sie bei Verwandten Unterschlupf. Doch auch diese Bleibe wurde von Nazi-Schergen geplündert, und Johanna verschwand irgendwo im Untergrund.

Ich gebe es gern zu, eigentlich habe ich diese Geschichte nie so richtig geglaubt, doch die feingliedrige Dame mit den zu einem Kranz geflochtenen Haaren und den auffälligen Ohrringen hatte durchaus die stilvolle Erscheinung einer Gräfin. Und so nannten wir die ernsthafte, introvertierte Frau mit den grossen dunklen Augen stets «die Gräfin». Es wurde sogar behauptet, man habe sie fliessend Französisch, Italienisch und natürlich Spanisch parlieren hören. Unterwürfigkeit – in welcher Art auch immer – war ihr fremd. Gern hätte ich sie einmal angesprochen, doch sie schien jedes Mal meine Avance zu ahnen und verschwand sofort in ihrem engen Putzraum, hinter Müllsäcken und aufgestapeltem Klopapier.

Als ich Jahre später für einen Wochenendurlaub in die Donaumetropole zurückkehrte, war die Gräfin verschwunden. Ich erkundigte mich in der nahe gelegenen Buchhandlung Frick nach ihr. Dort erfuhr ich, dass die Gräfin ein tragisches Ende genommen hatte: Von der Sanitätspolizei sei sie abgeholt worden, weil sie laut schreiend auf einen Mann eingeprügelt habe. Später habe sich herausgestellt, dass dieses vermeintliche Opfer sie bedroht habe und bestehlen wollte. Kurze Zeit später starb sie und wurde unter grosser Anteilnahme auf dem Zentralfriedhof zu Grabe getragen. Es sei eine pompöse Bestattung gewesen, ein über hundert Meter langer Leichenzug, und die Pompfüneberer, die Wiener Totengräber, hätten edles Violett getragen. Anschliessend habe sich die grosse Schar der Trauergäste zu einem mehrgängigen Mahl versammelt, und kein Geringerer als der spanische Botschafter hielt eine kurze Ansprache, in der er die Verstorbene mit der Königin Johanna von Kastilien verglich. Bis heute habe jedoch niemand in Erfahrung bringen können, wer das aufwendige Begräbnis samt Leichenschmaus bezahlte.

Das Paris-Syndrom

Als ich dem Taxichauffeur vor der Gare de L'Est in ungelenkem Französisch erklärte, er solle mich bitte zum Grand Hôtel Saint-Michel bringen, erwiderte dieser unwirsch, Paris sei kein verdammtes Bauerndorf, er müsse schon eine genaue Strassenangabe haben. Ich war baff. Auf der wortlosen Fahrt in den Süden der Stadt kam mir dann auf einmal in den Sinn, dass ich vor Kurzem in einer Fachzeitschrift etwas Erstaunliches gelesen hatte: Jedes Jahr erkranken etwa ein Dutzend japanische Touristen am sogenannten Paris-Syndrom. Die erwartungsfroh von weither angereisten Asiaten erleiden einen Schock, weil auch Paris nur eine ganz normale europäische Metropole ist, die manchmal ziemlich schmutzig sein kann. Noch schlimmer ist, dass sich die Menschen in der «Stadt der Liebe» nicht selten unhöflich und ruppig gebärden. War mir bis anhin nur das ähnlich gelagerte Jerusalem-Syndrom bekannt – eine massive, religiöse Irritation aufgrund des Gegensatzes zwischen dem realen und dem himmlischen Jerusalem –, verblüffte mich die europäische Variante, denn mehrere schwer depressive Japaner müssen deswegen jedes Jahr aus Paris nach Hause geflogen werden. Ich hielt einen Moment inne, blickte aus dem Autofenster auf die vorbeiziehende öde Place de La Bastille und war froh, dass ich mir bereits am Bahnhof den richtigen Spezialisten ausgesucht hatte, der höchst erfolgreich und relativ preiswert sämtliche aufkeimenden Illusionen therapierte.

Seamus geht nach Hause

Seamus geht nach Hause, oder besser: Seamus sollte nach Hause gehen. Das klingt nach einem recht einfachen Unterfangen; doch Seamus ist ein erwachsener Dubliner, der sich auf der Südseite des Liffey befindet, jedoch eigentlich in den Norden der Stadt sollte. Jetzt ist der Liffey nicht gerade der Amazonas oder der Ganges in seiner unermesslichen Weite; nein, er ist ein eher bescheidenes Rinnsal, das sich tief vergraben durch Dublin schmuggelt. Ein bescheidenes Flüsschen, dessen Namen kaum einer der zahlreichen Touristen kennt und den die Gäste aus nah und fern auch sofort wieder vergessen haben, wenn sie Irland verlassen.

Es ist ja eigentlich auch nicht grundsätzlich die Flussüberquerung, die Seamus so zu schaffen macht, sondern die vielen Häuser – allen voran die *public houses* –, die sich ihm in perfidester Manier in den Weg stellen, egal, in welche Richtung er auszuweichen versucht. Natürlich hätte er sich ganz einfach in einen Bus oder eine der neuartigen Strassenbahnen setzen können, doch Seamus hegt eine natürliche Abneigung gegen alles, was sich schneller bewegt als ein unsportlicher, leicht übergewichtiger Mann in angemessenem Schritttempo. Das Gehen, so lautet eine seiner unumstösslichen Überzeugungen, ist die einzige Fortbewegungsart, die den natürlichen Voraussetzungen des Menschen vollumfänglich entspricht.

Auch das Stehen würde Seamus noch als human gelten lassen, solange es sich nicht in einer unübersichtlichen Warteschlange abspielt. Am liebsten steht Seamus übrigens an Orten, wo man Menschen treffen kann und dabei nicht unter Durst leiden muss. Da bietet sich das Pub natürlich als ideales Umfeld an. Seamus kennt einige dieser ehrenwerten Institutionen in Dublin, und er kennt auch die dazugehörigen Barkeeper und Türsteher. Mit den meisten Barkeepern kann er sich sogar stumm, nur mithilfe der Körpersprache verständigen. Ein ausgedehnter Blick samt kurzem Nicken bedeutet ein Pint Guinness, ein kurzer Blick mit rituellem Heben des Kopfs verlangt nach einem Whiskey, und ein Grinsen verbunden mit Schulterzucken heisst: Kein Drink mehr, ich muss leider nach Hause. Eine Kombination von Mimik und Gestik, die er in letzter Zeit leider vermehrt anwenden musste, da ihm seine liebe Claire vor Kurzem diesbezüglich mächtig die Leviten gelesen hatte.

Es wäre jedoch nun falsch anzunehmen, Seamus würde sich heute auf einer kommunen Sauftour befinden. Er war an diesem Freitagmorgen mit bestimmten Schritten losgezogen, um seinem alten Schulfreund Martin Moloney das letzte Geleit zu erweisen. Jener Martin, mit dem er vier Jahre in derselben Bankreihe gesessen und mit dem er in seiner Jugend so manchen hart umkämpften Sieg beim Hurlingspiel ausgiebig gefeiert hatte. Später verlor er ihn aus den Augen, da Martin nach Australien zog, um dort sein Glück als Inhaber einer Baufirma zu versuchen. Vor vier Jahren war er nach Dublin zurückgekehrt, weil er in seiner Heimatstadt und deren Gasthäusern einen geruhsamen Lebensabend verbringen wollte. Nun hinterliess er eine dralle Australierin, die den irischen Nieselregen abgrundtief hasste, und drei Söhne, die sein Geschäft im fernen Down Under mehr schlecht als recht weiterführten.

Der Beerdigungsgottesdienst war tröstlicher als erwartet. Es gab zwar allerhand himmlisches Geschwätz von einem netten Priester, der in rührenden Worten Martins Vorzüge lobte, ohne ihn wirklich zu kennen, doch der Abschied an diesem nebligen Oktobertag war durchaus eine würdige Angelegenheit. Freunde und Bekannte waren in grosser Zahl in der tempelartigen St. Andrew's Church in der Westland Row erschienen. Vor und nach der Messe hatte Seamus vor der Kirche einige ehemalige Schulkameraden angetroffen, deren Namen er zwar nicht mehr alle wusste, mit denen er sich jedoch angeregt über die guten alten Zeiten austauschte. Eigentlich wollte er sich nach heftigem Händeschütteln, oberflächlichen Gesprächen und langen Verabschiedungen auf den Heimweg begeben, doch Carol, die älteste Schwester des Verstorbenen, in die sich Seamus schon vor mehr als vierzig Jahren verguckt hatte, konnte ihn trotz kurz aufflackernden Widerstandsbestrebungen dazu überreden, noch auf einen Drink mit der Trauerfamilie ins nahe gelegene Kennedy's zu kommen.

Mit vier Pints im Bauch verliess er selbige Gaststätte in den frühen Nachmittagsstunden, als zerfetzte Gewitterwolken begannen, ihren Inhalt über der Südseite der Stadt auszuleeren. Das wäre alles noch nicht schlimm gewesen, doch Seamus hatte seiner Frau feierlich versprochen, pünktlich auf das Mittagessen zurück zu sein. Dafür war es jetzt schon zu spät, und der Regen drohte seinen extra für Beerdigungen und kirchliche Feiertage angeschafften Nadelstreifenanzug zu ruinieren. Also entschloss er sich, wie ein in Seenot geratenes Schiff, den nächstgelegenen Hafen anzusteuern.

Äusserlich durchnässt, innerlich jedoch völlig ausgetrocknet, war er im Mulligan's gelandet, wo sich gerade die letzten Journalisten aufmachten, nach einem ausgedehnten Lunch widerwillig ihre nahe gelegenen Arbeitsplätze aufzusuchen. In diesem Lokal hatte schon der alte Schürzenjäger John F. Kennedy sein Bier genossen, als er noch als Schreiberling in Dublin tätig war. Doch das war Seamus heute ziemlich egal. In der Bar des Mulligan's begrüsste ihn feierlich die polierte Phalanx der Zapfhahnen und spie ihm sein wohlverdientes Gerstengold aus. Seine ursprünglich so traurige Mission hätte bestimmt einen anderen Verlauf genommen, wäre er hier nicht auf William Fitzsimmons gestossen, der auch unter den Trauergästen von Martin Moloney gewesen war und der ebenfalls noch vor nicht allzu langer Zeit geschworen hatte, sich auf dem schnellsten Weg nach Hause zu begeben.

Das erste Glas wurde gemeinsam auf den seligen Martin erhoben. Man erlaubte sich, Guinness zu trinken, obwohl der Verstorbene stets ein bernsteinfarbiges Pint of Smithwick's bevorzugt hatte. Doch einer ist keiner; wer nur mal nippt, trinkt nicht. So gingen die zweiten 0,56 Liter auf die goldene Jugend und alle süssen Erinnerungen, die mit ihr verbunden waren. Die dritte Runde galt der irischen Rugby-Nationalmannschaft, die nach langer Durststrecke im vergangenen Frühling die Sechs-Nationen-Meisterschaft samt Grand Slam gewonnen hatte. Das vierte Bier war all denen gewidmet, die an diesem regnerischen Freitagnachmittag auf dem Trockenen sassen. Nun begann das Bier Wirkung zu zeigen. Die feuchte Schwafelrunde wurde immer umfangreicher und ausgelassener. Nach einem weiteren Pint posaunte William Fitzsimmons in die gut gefüllte Schankstube hinaus: «Gott segne meine Frau und ihre Arbeitskraft!» Als sich das Gelächter gelegt hatte, wurde sich Seamus schlagartig bewusst, dass seine Frau – fleissig arbeitend – wohl noch immer in der heimischen Küche auf ihn wartete und verständlicherweise schon ziemlich staubig war. Der Gedanke an seine Rückkehr war etwa so einladend wie der neunte Kreis der Hölle, und trotzdem verliess er, nachdem er in grossen Zügen sein Glas geleert hatte, ohne sich zu verabschieden, unauffällig das gastliche Mulligan's.

Endlich schaffte er es nun auch, heil über den Liffey zu gelangen. Er schritt zielstrebig auf der breiten O'Connell Street an der über 120 Meter hohen Metallnadel vorbei, einem Kunstwerk, das man offiziell als «Spire» bezeichnet, im Volksmund jedoch zum «Stiffy by the Liffey» degradiert. Hier hatte vor Jahrzehnten der alte Nelson auf seiner Säule gestanden, bevor die IRA ein spektakuläres Attentat auf ihn verübte. Seamus konnte sich noch gut daran erinnern, wie er am Morgen nach dem gewaltigen Knall mit seinem Freund Martin am Tatort vorbeischaute und enttäuscht war, dass die nächtliche Explosion so wenig Schaden am verhassten Sinnbild des britischen Kolonialismus angerichtet hatte. Insgeheim hatte er gehofft, dass Lord Nelson nur noch ein rauchender Trümmerhaufen war. Man konnte die Umrisse des Denkmals jedoch noch immer unschwer erkennen. Erst die nachträgliche Sprengung durch die irische Armee beseitigte dann sämtliche Erinnerungen an den Sieger von Trafalgar. Doch was die IRA an Sprengstoff geknausert hatte, holte jetzt die glorreiche Armee der Republik doppelt nach, und so blieb im Umkreis von 300 Metern kaum eine Fensterscheibe ganz.

In einer Nebengasse der O'Connell Street steuerte Seamus in das nächste öffentliche Gebäude – das zufällig ein Pub war –, jedoch nicht um sich noch einen zu genehmigen, sondern um seine Claire anzurufen und die durch seinen Wortbruch verursachte Spannung zu entschärfen. Mit solchen Manövern hatte er ausgiebig Erfahrung. Doch auf der anderen Seite der Linie meldete sich niemand – das war aussergewöhnlich. Seamus war enttäuscht und entschied in einem Sekundenbruchteil, dass er sich hier nun trotzdem noch einen stärkenden Becher gönnen möchte, denn sein Heimweg war noch lang und nicht ohne Gefahren. Die Kaschemme, in der er sich nun befand, war ihm noch nie aufgefallen, schon das war ein guter Grund, einen Moment hier zu verweilen. Es war so voll wie Sainsbury's am Freitagabend vor Weihnachten. In einer Glasvitrine hinter der Bar befand sich eine umfassende Sammlung irischer Streichholzschachteln aus der Vorkriegszeit, ergänzt durch ein fleckiges Fussballshirt von Tony Cascarino, der 1985 bei seinem Debüt in der irischen Nationalmannschaft ein Rückziehertor aus 32 Metern erzielt hatte. Ja, das waren noch wahre Helden – obwohl Cascarino später unter Tränen erklärte, er sei eigentlich gar kein richtiger Ire und habe die genealogisch entscheidende Grossmutter mütterlicherseits schlichtweg erfunden.

Erfolgreich zurück auf der Strasse, überkamen Seamus urplötzlich Hungergefühle. So verschlang er im The Flowing Tide ein Toastbrot mit Käse und Zwiebeln und spülte es mit einem Bierchen herunter. Hier fühlte er sich zu Hause, denn in diesem Pub war er stets nach den Theaterbesuchen mit seiner Frau eingekehrt. Ja, was sie jetzt wohl jetzt gerade anstellen mochte, seine liebe Claire? Sollte er noch einmal versuchen, sie anzurufen, oder den direkten Weg nach Hause einschlagen? Stehen und zusätzlich noch denken, das geht leichter mit einem Schluck Whiskey, dachte sich Seamus, und bestellte zur Inspiration einen Powers.

Danach entschied er sich für den direkten Heimweg, doch als er auf die Strasse trat, erwischte ihn eine kalte Brise vom Meer her. Wenn er schon hier in der Gegend war, dann musste er doch kurz im «Oval» vorbeischauen. Dort war es bestimmt angenehm warm und einladend hell. Es war unvermeidlich, dass er dort von Bekannten zu Drinks eingeladen wurde und jede Menge Pints spendierte, bis der rothaarige Barkeeper die erlösende Tresenglocke läutete.

«Teures Irland, wie herrlich wogt dein grüner Busen», schmetterte Seamus auf seinem Weg hinaus in die feuchtgraue Nacht. Mit dem *Soldier's Song* auf den Lippen marschierte er zügig gegen Norden, um dann auf der North Strand Road, aus nicht ganz heiterem Himmel, wie von einer mächtigen, eisigen Hand ergriffen stehen zu bleiben. «Wie kalt muss es nur für den armen Martin sein, da draussen in seinem stillen Grab auf dem Glasnevin-Friedhof», schoss es ihm durch den Kopf. Seamus' Augen wurden feucht, und sein Blick entschwand in den sternenlosen Nachthimmel. Stumm marschierte er weiter. Seamus war sich sicher, dass Martin, wenn er noch hier wäre, den heutigen Abend an seiner Seite am Tresen verbracht hätte. Ja, kurz vor ein Uhr in dieser frostigen Oktobernacht, im Norden der Stadt Dublin, war er felsenfest davon überzeugt, dass sein alter Freund tatsächlich mit auf der Tour gewesen war – zwar nicht in Fleisch und Blut, jedoch als treuer Begleiter im Geiste, mit erhobenem Glas, unsichtbar zu seiner Rechten.

Mit dieser Überzeugung erreichte er die Vortreppe zum Reihenhaus, in dem er seit drei Jahrzehnten wohnte. Es brannte kein Licht mehr. Seamus schloss die Türe auf, betätigte den Lichtschalter und schritt mit erhobenem Haupt in die Küche, wie ein unschuldig Verurteilter zu seiner Hinrichtung. Er wollte seiner Claire berichten, dass er den ganzen Abend lang Martins Anwesenheit gespürt hatte. Doch die Küche war leer. Es roch nach Bratkartoffeln. Auf dem Tisch stand ein unangerührtes Mittagessen sowie ein Teller mit Schinken und Bohnen, der vermutlich das Abendessen gewesen wäre. Seamus fühlte sich auf einen Schlag zutiefst schuldig. Wieder einmal hatte er seine Frau enttäuscht. Er schlich die Treppe hoch zur halb offenen Schlafzimmertür und spähte vorsichtig in den stillen Raum hinein. Die Strassenbeleuchtung warf ein trübes Licht durch die beiden Fenster. Da lag sie, mit dem Rücken zu ihm gekehrt. Bei diesem Anblick empfand der selbst ernannte Odysseus sein Wegbleiben auf einmal gar nicht mehr als Heldentat. Seamus' Augen wurden abermals feucht, und er schwor an dieser Stelle hochheilig, er werde von nun an immer den direkten Weg nach Hause einschlagen.

Captain America

Bei meinem ersten Besuch in Amerika, am riesigen John-F.-Kennedy-Flughafen in New York, unterlief mir im letzten Sommer ein Fauxpas, der mir in Rom oder Paris nie hätte passieren können: Durch den langen Flug, die unbequeme Sitzhaltung und die feuchtheisse Temperatur in meiner Wahrnehmung merklich eingeschränkt, liess ich mich vor dem Ausgang des Terminals 3 von einem unbekannten Zweimetermann dazu überreden, mich und meine Frau von ihm nach Manhattan chauffieren zu lassen. Es wären zwar genügend gelbe Taxis vor dem Eingangsportal zur Verfügung gestanden, doch irgendwie wollte ich einfach schnellstmöglich ins heruntergekühlte Hotelzimmer. Grundnaiv willigte ich in das inoffizielle Angebot ein, sämtliche fett gedruckten Warnhinweise in den Reiseführern missachtend.

«Steig ja nie in ein fremdes Auto», hatte mir meine Mutter vor Jahrzehnten mit auf den Weg gegeben, doch es schien mir übertrieben, diesem Ratschlag auch noch im Erwachsenenalter Beachtung zu schenken. Ich willigte in den Deal ein. Nach einem kurzen Fussmarsch hievte ich mit fremder Hilfe unser sperriges Gepäck in den Font eines silbrigen Chevrolets, der zweifellos auch schon bessere Tage erlebt hatte. Erwartungsfroh rollten wir sicher angeschnallt aus dem Flughafenparkhaus. Den Preis hatte ich natürlich zum Voraus vereinbart, doch auf einmal wurde mir klar, dass ich ja überhaupt keine Ahnung hatte, wo genau die gängigen Tarife anzusiedeln waren und welche Route am schnellsten nach Manhattan führte. Noch schlimmer: Wie konnte ich oder meine wehrlose Frau auf dem Rücksitz wissen, ob der stattliche Privattaxifahrer nicht ein skrupelloser Menschenhändler oder gemeiner Verbrecher aus der Bronx war, der tagtäglich mit eiskalter Routine ahnungslose Touristen um ihr Bargeld und ihre Wertsachen erleichtert, bevor er ihre Leichen in den Harlem River wirft?

Anderswo hätte ich solche Befürchtungen nicht gehegt, doch hier in Amerika herrschten nach meiner Ansicht andere Zustände. Regelmässig blickte ich aus dem Fenster und hielt angestrengt – jedoch bewusst unauffällig – danach Ausschau, ob das Wort «Bronx» in weisser Schrift auf den grünen Ortstafeln verräterisch oft zu erscheinen begann. Zusätzlich kontrollierte ich auch das Äussere unseres Fahrers und begann abzuwägen, ob die hilfsbereiten Chauffeurhände unter Umständen auch Mordwerkzeuge sein könnten. War da unter dem Hemd des farbigen, muskulösen Mittdreissigers nicht eine verräterische Wölbung wahrzunehmen, die auf eine verborgene Waffe hinwies? Und plötzlich schien ich auf der fleckigen Fussmatte vor mir eingetrocknete Blutspuren erkennen zu können.

Der Chevrolet rollte gleichmässig auf der mehrspurigen Zufahrtsstrasse durch die monotone Agglomeration. Richmond Hill, Flushing, Queens – das alles hatte ich schon einmal gehört, doch führte diese ungewisse Fahrt überhaupt in Richtung Manhattan? Der äusserst entspannt wirkende Herr am Steuer gab sich bewusst gesprächig. Er wollte wissen, von woher wir eingeflogen waren. Als ein unsicheres «Switzerland» über meine Lippen kroch, schien sich sein Blick merklich aufzuhellen. «There is a lot of money», bemerkte er und wurde immer zutraulicher. Ich konterte schnell und wies darauf hin, dass nicht alle Menschen in der Schweiz im Geld schwimmen würden. Ja, es habe viele bedürftige Bauern weit oben in den Bergen, die mit dem absoluten Minimum durchkommen müssten. Er nickte und lächelte freundlich, wie mir schien, jedoch ohne wirklich Anteilnahme zu zeigen.

Dann erzählte er uns, durch orkanartige Lachsalven unterbrochen, die scheinbar äusserst amüsante Geschichte von einem Bauern aus dem hintersten Hinterland von Tennessee, der vor Jahren mit seinem alten Dodge genau zur abendlichen Rushhour in New York eingetroffen war, seinen verbeulten Wagen jedoch verzweifelt irgendwo in Lower Manhattan, mitten auf einer unübersichtlichen Kreuzung, mit noch laufendem Motor stehen liess, weil die hupende und nicht enden wollende Verkehrslawine ihn in den Wahnsinn getrieben hatte. Haha, ich hatte den Trick durchschaut. Zweifellos machte sich der Fahrer jetzt über uns lustig. Wir waren für ihn die Dorftrottel aus Good Old Switzerland, die sich von den abgebrühten Gangstern aus New York leicht ausnehmen liessen. Ich kontrollierte nervös mein Handy, obwohl ich eigentlich gar nicht wusste, wen ich im Notfall anrufen sollte.

Unser Fahrer wollte nun von uns wissen, ob wir Kinder hätten. Er hatte zwei, die in den Sommerferien bei ihrer Grossmutter in Frankreich weilten. Er selbst stamme aus der Karibik, wohne seit ein paar Jahren in Williamsburg – laut eigenen Angaben – und plane einen Umzug nach Miami. Bronx oder Miami, dachte ich mir, an beiden Orten floriert das Verbrechen. Dann kam der Verkehr in Brooklyn Heights zum Stehen. Sollte ich jetzt die vielleicht letzte Chance nutzen und meiner Frau ein rasches Kommando in Schweizerdeutsch erteilen, damit wir beide das Auto fluchtartig verlassen konnten? Doch ich sah weit und breit keinen Gehsteig oder eine rettende Verkehrsinsel. Was würde mit unserem Gepäck geschehen? Unser Fahrer lächelte und zeigte dabei seine zwei Goldzähne. Ja, tatsächlich – er schien unsere grenzenlose Naivität und völlige Wehrlosigkeit auszukosten.

Ich begann mir einzureden, dass meine Ängste unbegründet und lächerlich seien. Doch dann meldete sich meine Frau vom Rücksitz: Auch ihr schien unsere momentane Lage nicht ganz unbedenklich. In dieser ausweglosen Situation kam mir auf einmal – und ich weiss heute noch nicht warum – Captain America in den Sinn. Der unerschrockene Comic-Held im Sternenbannerdress, der immer dann zur Stelle ist, wenn das Böse überhandnimmt. Jener «Cap», der seit je den Traum von einer freien Nation verkörpert, die Speerspitze im Kampf gegen das Böse. Entgegen aller naturwissenschaftlichen Gesetze kann dieser Captain America, der eigentlich gutbürgerlich Steve Rogers heisst und aus Brooklyn stammt, pfeilschnell durch die Lüfte schiessen, und das, obwohl er so massig wie ein ausgewachsener Footballspieler ist. Auf seiner stolzen Stirn prangt auf seiner Gesichtsmaske in Weiss ein A für «America», und der ebenfalls weisse Stern auf seiner Brust wirkt wie das Erkennungszeichen eines amerikanischen Bombers aus dem Zweiten Weltkrieg. Genau wie ein antiker Held trägt er einen runden Schild, der aus einer unzerstörbaren Speziallegierung gefertigt wurde, stets zur Selbstverteidigung oder zu einem gezielten Wurf bereit. Mut, Ehre, Loyalität – Captain America ist überall da anzutreffen, wo es gilt, den Schwachen und Wehrlosen zu helfen. Sei es im Kampf gegen seinen kommunistischen Urfeind, Red Guardian, gegen den sprechenden Totenkopf «Herr Skull», im blutigen Ringen mit üblen Nazi-Schergen oder im Infight mit gnadenlosen Dealern.

Meine Vorstellungen von Amerika hatten sich seit meiner Jugend kaum verändert: Genau so, wie die Gangster aus der South Bronx, die Baseballmützen mit Yankee-Signet tragend als Gangs in Graffiti-verschmierten U-Bahn-Zügen unterwegs sind, für mich die böse Seite Amerikas schlechthin verkörperten; so versinnbildlichte in derselben Weise Captain America für mich das unerreichbare Ideal des Reinen und Beschützenden. Auf der einen Seite die übelsten Ganoven der Welt, zusammengepfercht in einem heruntergekommenen Stadtteil von New York; und als Kontrastprogramm der absolute Supersoldat, muskelbepackt und blond, der von seinen jüdischen Erfindern in den 1940er-Jahren gekonnt als Gegenstück zum verbreiteten Arierbild der Nazis kreiert worden war.

Irgendwie gab mir dieser flüchtige Gedanke an Captain America unerwartet Zuversicht. Nun war ich plötzlich überzeugt, dass unser privates Taxi doch noch die richtige Route finden würde. Ansonsten hatte der Fahrer mit einem Vergeltungsschlag von oberster Stelle zu rechnen, dachte ich, um meine wirren und kindischen Gedankengänge sofort als ziemlich lächerlich abzutun. Doch die Feinde der freien Welt hatten stets mit der Rache von Captain America zu rechnen, auch wenn der am Boden lag oder von seinen hinterhältigen Kontrahenten in Ketten gelegt wurde – Captain America, vom Supersoldatenserum gestärkt, war unbesiegbar und sein Ruf von niemandem zu beflecken.

Plötzlich wurde ich von einem schrillen Hupkonzert aus meinem Tagtraum gerissen. Der Verkehr bewegte sich nun im Schritttempo über die Brooklyn Bridge. Auf der anderen Seite des East River war deutlich die Skyline von Manhattan zu erkennen. Nach weiteren fünfzehn Minuten Stop and Go bremste der Chevrolet vor unserem Hotel in SoHo. Beim Aussteigen blickte ich unauffällig nach oben, doch da war, wie zu erwarten, kein blau-weisses Flugobjekt zu erkennen. Ich sah lediglich die Spitzen der Wohntürme und einen wolkenlosen Himmel über New York. Der Fahrer half uns geübt beim Ausladen, verabschiedete sich mit Handschlag und lenkte seinen Wagen schnell wieder auf die Sixth Avenue zurück. Ich blickte dem Chevrolet noch eine ganze Weile nach, bis er im regen Nachmittagsverkehr verschwunden war. Gern hätte ich den Fahrer eigentlich noch gefragt, ob seine zwei Kinder auch ab und zu Captain-America-Comics lesen.

Der Traumfänger

Als wir unsere Sommerferien in Amerika verbrachten, drängte meine Frau darauf, einmal ein richtiges Indianerreservat zu besuchen. Da wir uns in Arizona aufhielten, empfahl uns der Reiseleiter eine organisierte Visite beim Hopi-Stamm. Ich wäre zwar lieber weitergereist, doch ich wollte meine Frau nicht enttäuschen – denn sie hatte mir bei einem Glas Wein anvertraut, dass sie schon als Kind Winnetou viel näher gestanden sei als seinem treuen Companion Old Shatterhand –, und so fanden wir uns an einem schwülen Augustmorgen in einem Kleinbus wieder, der uns durch eine endlos scheinende Einöde zum riesigen Reservat der Hopi transportierte.

Vergebens wartete ich im überfüllten Bus auf die ersten Zeltspitzen am Horizont, denn es sollte sich herausstellen, dass die Hopi in Lehmhäusern wohnen. Doch dann stoppte unser Gefährt vor einer mächtigen Hinweistafel, die uns stolz verkündete, dass hier echte Indianer, in echten Behausungen, echte Kleider tragend, echtem Handwerk und echtem Brauchtum nachgingen. Meine Frau konnte sich vor Freude kaum mehr halten. Kaum hatten wir uns aus dem Bus gezwängt, pflanzten sich die ersten echten Indianer leibhaftig vor uns auf. Ein Häuptling, dessen vollmundiger Namen mir leider entfallen ist, begrüsste uns in gebrochenem Englisch. Er wünschte uns allen ein erspriessliches Leben und bat uns, ihm ins Dorf zu folgen.

Zuerst bekamen wir eine Familie zu sehen, die vor ihrer Hütte spontan Körbe flocht. Natürlich konnte man diese echten Indianerkörbe am Schluss der Tour zu einem Spezialpreis erwerben. Danach erfolgte eine Einführung in die berühmte Pfeifenzeremonie. Das Tabakopfer gilt nicht nur bei den Hopi als ein heiliger Akt. Nach der Besichtigung zahlreicher Lehmhäuser, einer Mokassinmanufaktur, Teilnahme an einer Schwitzhüttenzeremonie, die mir zusätzlich zu den 32 Grad im Schatten beinahe das Bewusstsein raubte, und dem Mitwippen bei einem Schlangentanz folgte zum Schluss eine Audienz beim Stammesschamanen höchstpersönlich.

Gestenreich führte er uns in die Glaubenswelt der Hopi ein. Er zeigte uns seine Furcht einflössenden Masken, liess uns in seine Kräutertöpfe schauen und führte aus, dass er in Ekstase Jagderfolg und Ernteglück voraussagen könne. Ich fragte mich, ob er auch Touristenströme kanalisieren konnte. Zum Schluss nahm er einen mit Federn und anderem verzierten Holzring in die Hand und bat um absolute Aufmerksamkeit. Dies sei ein Traumfänger, und er verdichte Träume und Visionen, die nach indianischer Auffassung die Türen zur Welt des Übernatürlichen öffnen. Der Traumfänger würde nur die guten Träume durchlassen und die schlechten in seinem Netz einfangen, um sie dann mit den ersten Morgensonnenstrahlen zu neutralisieren, predigte er mit feierlicher Stimme.

Natürliche wollte meine Frau einen Traumfänger kaufen und zusätzlich noch ein Paar Mokassins und eine einzigartige Korallenkette. Ich wehrte mich erfolgreich gegen einen Lendenschurz aus echtem Bisonleder. Auf dem Rückweg im Bus konnte ich es mir jedoch als aufgeklärter Europäer nicht verkneifen, den Traumfänger und seine Wirkung in Frage zu stellen. Sofort wurde ich von mehreren Seiten als Spielverderber und spiritueller Banause abgekanzelt. Dann wollte ich von meiner Frau wissen, wo sie ihr neu erstandenes Exemplar zu Hause aufzuhängen gedenke, doch sie lenkte das Gespräch geschickt auf ein anderes Thema.

Schlussendlich hing das Ding dann in unserem Schlafzimmer, direkt neben einem gerahmten Bild vom Grand Canyon. Es passte stilistisch einfach nicht in mein Raumkonzept. Doch meine Frau überhörte sämtliche Kritik. Für mich war das Geflecht aus Holz, Federn und Perlen eine Art indianischer Placeboeffekt, für meine Frau ein unantastbares Andenken und vielleicht noch mehr. Nichtsdestotrotz liess ich das ungeliebte Kultobjekt eines Tages unkommentiert verschwinden.

Und tatsächlich, man glaubt es kaum: Nach der heimlichen Räumaktion hatte ich zwei schlaflose Nächte – jedoch nicht von Albträumen geplagt, sondern von der Angst, dass meine Frau das Verschwinden doch noch bemerken würde

Rohfleischfresser und Nebelköpfe

Vor ein paar Tagen entbrannte in unserem Lehrerzimmer während der Zehnuhrpause eine hitzige Diskussion um ein frostiges Thema: Nachdem eine der jüngeren Wirtschaftslehrerinnen unbedacht das Wort «Eskimo» in den Mund genommen hatte, wurde sie umgehend von einem älteren Kollegen belehrt, dass dieser Begriff einen Affront darstelle und eigentlich so viel wie «Rohfleischfresser» bedeute. Es sei also gar nicht korrekt, diesen ethnologisch unkorrekten Begriff zu verwenden, auch wenn über dessen Unkorrektheit und die korrekte Alternative in unseren Breitengraden kaum jemand wirklich Bescheid wisse.

Kaum hatte der Grauhaarige mit Nickelbrille seinen kurzen Exkurs beendet, mischte sich der in der Nähe sitzende Geografielehrer in die Debatte ein. Er habe zufällig zugehört und müsse zur Ehrrettung der jungen Kollegin bemerken, dass der Begriff «Eskimo» nicht für alle Bewohner der Polarregion eine Beleidigung bedeute. Es gebe dort oben im ewigen Eis etliche Stämme, die sich nicht ohne Stolz seit Jahrhunderten selbst als Eskimos bezeichneten, das wisse er aus bester Quelle, und im Bedarfsfall könne er es auch belegen.

Der Zuhörerkreis wurde merklich grösser, andere Gespräche verstummten, und die Kaffeetassen wurden behutsam abgestellt. Die Zehnuhrpause entwickelte sich zu einem akademischen Diskurs. Nun erlaubte sich sogar einer der im Trainingsanzug erschienenen Sportlehrer eine Bemerkung zum kontroversen Thema: Als begeisterter Wassersportler wisse er, dass das Wort «Kajak» auch von den Bewohnern Grönlands und Nordkanadas stamme. Und auch die «Eskimorolle» sei eine äusserst nützliche Erfindung dieser Eskimos – auch wenn man nicht alle Eskimos als solche bezeichnen dürfe, wie man ja eben erfahren habe.

«Es werden ja auch nicht alle Frühlingsrollen im Frühling angebrutzelt», wendete darauf der hagere Lateinlehrer ein, der in der ganzen Schule als Zyniker gefürchtet war und vom Kettenrauchen gelbe Fingernägel hatte. Auf jeden Fall hause der erwähnte Volksstamm aus der Arktis sicher nicht – wie gemeinhin behauptet – ein Leben lang in Iglus. Die markanten Schneebauten entständen nur, wenn einzelne Sippen auf Reisen seien, doch das treffe kaum mehr zu, da sie durch die massiven Sozialhilfebeiträge der

Regierung träge geworden seien und sich der Dauersuff dort oben als Volkssport etabliert habe. Auf jeden Fall hätten sie bestimmt immer genügend Eis zu Verfügung, um ihre Drinks zu kühlen. Die coolsten Partys stiegen unbestritten im Süden des Nordpols, dann würde nicht selten die Nacht zum Tag.

Jetzt war der Zeitpunkt für den Religionslehrer gekommen: Er erregte sich augenfällig über den Sarkasmus des spröden Altsprachlers. Der Kolonialismus sei ganz klar schuld daran, dass dieses einst so unberührte Naturvolk den Lastern und Süchten verfallen sei, liess er verlauten und schloss mit der Bemerkung, dass wohl die unerträgliche Einsamkeit in diesen gottverlassenen Gegenden die Menschen zermürbte. Da lachte der Lateinlehrer laut auf. Jetzt wurde es auch am gegenüberliegenden Tisch ruhig. «In Sachen Kolonialismus sind Sie ja Experte, verehrter Herr Religionsvertreter», prustete er durch den Raum. «Die Schwertmission ist seit Jahrhunderten ein beliebtes Expansionsmittel der Kirchen», fügte er mit erhobenem Zeigfinger hinzu, denn jetzt war er in Fahrt gekommen. «Die berüchtigten Höllenpredigten haben aber bestimmt bei den Eskimos und auch bei den nicht als Eskimo bezeichnet werden wollenden Eskimos ihre Wirkung verfehlt, da sich diese von Natur aus zweifellos nach einem heissen Klima sehnen.»

Das sei doch nur ein plattes Vorurteil, entgegnete nun eine noch nicht zu Wort gekommene Stimme. Die Eskimos fühlten sich bestimmt auch wohl, wenn das Thermometer tiefe Minuszahlen anzeige. Der kurz vor der Pensionierung stehende Deutschlehrer wollte mit diesen Ausführungen auch noch etwas Konstruktives zum Streitgespräch beitragen. Um die Gemüter zu beruhigen, dozierte er: «Die Inuit, die im ewigen Eis zu Hause sind, sollen ja mehr als fünfzig Wörter zur Beschreibung von Schnee kennen. Die feinen Unterschiede, die durch einen ganzen Strauss von unterschiedlichen Bezeichnungen ausgedrückt werden, können im Ernstfall in diesem garstigen Umfeld sogar Leben retten. Schnee ist also nicht einfach Schnee, und auch Eis ist nicht einfach Eis. Wenn der Schnee schwer und kompakt liegt, dann wird er ganz anders beschrieben, als wenn er wie ein dünnes Schäumchen verführerisch auf einer brüchigen Eisschicht glitzert.»

Leider bereitete die Klingel dem gelehrten Disput allzu früh ein Ende. Ich war zufrieden, hatte ich doch in der Zehnuhrpause wieder einmal mehr gelernt als in zwei Semestern an der Uni. Und so war ich auch nicht enttäuscht, als ich etwas später herausfand, dass die Geschichte mit den fünfzig verschiedenen Wörtern der Inuit für den Schnee zwar weit verbreitet ist, jedoch in ihrer Aussage so nicht zutrifft.

Doch diese qualitativ hochstehende Idee der nützlichen Quantität liess mich nicht mehr los: Es wäre ja nahe liegend und hilfreich, dachte ich mir, wenn wir bei uns im Mittelland einen umfangreichen Wortschatz zur Beschreibung von Nebel besässen. Eine breitere Wortauswahl zur Annäherung an unseren ungeliebten und schwerfälligen Begleiter von Oktober bis zu den ersten hellen Frühlingstagen. Erstaunlicherweise ist unsere Wortpalette für dieses bekannte Wetterphänomen äusserst bescheiden. Andere Sprachen sind in diesem Zusammenhang weniger nebulös: So kennt zum Beispiel das Englische den grundsätzlichen Unterschied zwischen *fog* (dichter Nebel oder Umnebelung) und *mist* (leichter Nebel). Im Deutschen kann man zwar auch von einer «Suppe» oder einer «Wand» sprechen, doch die sprachliche Finesse ist hier kaum weiterentwickelt. Nicht viel besser steht es mit unserer Mundart: «Chrisdick», «stockdick» oder die Begriffe «Näbuschwade» und «Näbubank» gehören zu den wenigen Ausnahmen.

Ja, ich bin felsenfest davon überzeugt, dass unsere morgendliche Kommunikation massiv aufgehellt würde, wenn man anstatt einfach zu sagen: «Es hat Nebel», versuchen würde, der grauen Wand mit Sprachwitz zu begegnen. So könnte man von «Wülsten», «Schlieren» oder «Fäden» sprechen oder gar von einem «dumpfen Deckel». Der lichte, herbstliche

Morgennebel könnte als «Grausch» Einlass in unser Vokabular finden. Wie man vollmundig ein Gemälde beschreibt, so wäre wortschöpferisch auch einem verhangenen Morgen etwas Positives abzugewinnen. Denn so bliebe der Nebel nicht einfach undurchsichtig, sondern er würde unter Umständen etwas, das in seinen vielfältigen Nuancen und unterschiedlichsten Erscheinungsformen zu erstaunen vermag. Ein Naturschauspiel, das zum kreativen Nachdenken anregt und nicht nur als erdrückende Last wahrgenommen wird.

Wege in den Alpha-Zustand

Kürzlich versuchte ein rühriger Referent seinem Publikum, zu dem ich mich selber nicht ganz freiwillig auch zählen durfte, klarzumachen, dass es im Leben wesentlich sei, wenn immer möglich den Alpha-Zustand anzustreben. «In diesem Zustand erreichen die Gehirnwellen eine Frequenz von 7 bis 14 Hertz. Wir sind zwar geistig noch klar, aber in völliger Ruhe und Entspanntheit. Die Augen sind geschlossen, innere Bilder entstehen, Gedanken kommen assoziativ», dozierte er in geschliffenen Sätzen.

Im hektischeren Bereich, der vom Vortragenden als Beta-Zustand deklariert wurde, vibrieren die Wellen mit 15 bis 30 Hertz. Unser Verstand arbeitet darin auf vollen Touren, wir sind vollkommen wach, aufmerksam und denken logisch. Im Gamma-Zustand (31 bis 70 Hertz) wird dieser Zustand geistiger Aufmerksamkeit durch volle Konzentration noch verstärkt. Wer sich also gestresst, nervös und angespannt fühlt, der schwingt zweifellos im Hochfrequenzbereich; tiefere Frequenzen garantieren hingegen einen hohen Wohlfühlfaktor. Von vielen aussergewöhnlichen Menschen wie zum Beispiel Mozart, Beethoven, Tolstoi, Einstein und Newton sei bekannt, dass sie ihre Genialität dem Alpha-Zustand zu verdanken hatten, rundete der rhetorisch gewandte Herr seine Ausführungen ab.

So weit, so gut. Da stellte sich nur die nicht ganz nebensächliche Frage: Wie erreiche ich diesen viel gepriesenen Alpha-Zustand? Der Wohlfühlguru empfahl als Königsweg regelmässige Entspannungsübungen. Meditieren, Yoga und jegliche Arten von Muskelentspannung seien bewährte Hausmittel, um Verkrampfungen abzubauen. Doch er selbst, verkündete der gepflegte Herr mit Nickelbrille, setze in erster Linie auf die Karte Autosuggestion. Die gezielte Selbstbeeinflussung sei nach wie vor die wirkungsvollste Methode und natürlich auch die billigste (ausser man lässt es sich von einem hoch bezahlten Spezialisten erklären). Prompt lieferte er auch ein eingängiges Sortiment an prägnanten Sätzen, die morgens oder abends herunterzubeten seien.

Schnell wurde auch mir klar, dass Ruhe und Entspannung, methodisch sauber eingeführt, in die letzten Oasen des Seelenfriedens inmitten dieser garstigen Alltagshektik führen können. Doch als ich nach Ende des Vortrags den Experten anzusprechen versuchte, wimmelte der mich freundlich, aber bestimmt ab, mit der Begründung, er sei heute ein wenig im Stress und müsse unbedingt sofort weiter zur nächsten Seminarveranstaltung. Gestärkt durch diese Erfahrung, entschloss ich mich, das Nachmittagsprogramm fallen zu lassen, um mich auf mein Hotelzimmer zurückzuziehen. Entspannt auf dem Bett ausgestreckt, erlaubte ich mir tiefe Gedanken zum Alpha-Zustand und seinen verlockenden Vorzügen.

Um möglichst authentische Ergebnisse zu erreichen, versetzte ich mich selber in den Alpha-Zustand oder das, was ich für den Alpha-Zustand hielt. Vermutlich erreichte ich bei dieser Übung eine derart tiefe Schwingungszahl, dass ich unverzüglich in den Tiefschlaf entglitt. Ausgeschlafen und entspannt begab ich mich einige Stunden später zum Nachtessen, wo ich von einer aufgebrachten Kursteilnehmerin – sie befand sich zweifellos im Beta-, wenn nicht gar im Gamma-Zustand – effektvoll zur Rede gestellt wurde. Unter den interessierten Blicken der weiteren Tischgenossen wollte sie von mir wissen, wo ich am Nachmittag gewesen sei. Mein Stuhl sei als einziger leer geblieben. Nach einem schmerzhaften Moment angespannter Stille antwortete ich mit dem Brustton der Überzeugung: «Nach der ganzen Theorie habe ich in einem realitätsnahen Feldversuch die wahren Tiefen des Alpha-Zustands erforscht und war bei diesem Experiment höchst erfolgreich.»

Der Adler von Toledo

Für Kurt.

Es war wirklich zum Verzweifeln: Jedes Mal, wenn die ersten engen Kehren eines steilen Aufstiegs die angesäuerten Rennfahrerbeine noch zusätzlich beanspruchten, war einer im Peloton nicht mehr zu halten. Wenn sich die Gesichter der Pedaleure unter der übermenschlichen Anstrengung zu Grimassen verzogen, dann schien er aufzublühen. Bobet, Anquetil, Kübler, Rivière, Poulidor oder Junkermann, sämtliche Tourfavoriten hatten es über die Jahre immer wieder versucht, doch der «Adler von Toledo», wie er ehrfurchtsvoll von allen genannt wurde, verfügte über unermüdliche Beine und ein unermessliches Lungenvolumen.

Schon als kleiner Junge hatte Alejandro mit Fahrrad und Anhänger schwere Lasten aus seinem Heimatdorf zum Markt in der Stadt geschleppt und sich dadurch eine Grundkondition verschafft, die ihm Jahre später – sei es in der prallen Sonne des Zentralmassivs, in den steilen Rampen der Pyrenäen oder in den nicht enden wollenden Alpenpässen – zu beeindruckenden Parforceleistungen verhalf. Der drahtige Fahrer mit der hohen Stirn, stolzes Mitglied der spanischen Nationalmannschaft, zeigte in den Bergen keine erkennbaren Schwächen; die Höhenluft schien ihn in einen Rausch zu versetzen.

Der «Adler von Toledo», 1928 in der Dorfkirche von Santo Domingo, in der Nähe von Toledo, auf den Namen Alejandro Fédérico Martin Bahamontes getauft, dominierte die Bergpreiswertung der Tour de France zwischen 1954 und 1964. 1959 konnte er, was ihm eigentlich niemand zugetraut hatte, sogar den Gesamtsieg der *Grande Boucle* feiern. Der wortkarge Fahrer aus dem Herzen Spaniens schien die Berge regelrecht hochzufliegen, worauf ihn der damalige Tour-Direktor in den Medien mit einem Adler verglich und ihm so zu einem unsterblichen Andenken verhalf.

Eine Bergetappe erinnert in ihrer Dramaturgie an eine Schlacht, bei der sich am Schluss nur noch wenige Kontrahenten gegenüberstehen. Immer gibt es den Sieger und die Verlierer, wie im Krieg – zwischen Krieg und Sport besteht eine Verwandtschaft, die den Krieg ehrt und den Sport entehrt. Alfred Londres, 1884 in Vichy geboren, hatte sich bereits im Vorfeld mit seiner eindringlichen Kriegsberichterstattung und Reportagen über die Strafgefangenenlager in Französisch-Guyana einen Namen gemacht, als er den Tour-Tross 1924 einen Monat lang begleitete. Er prägte den Begriff «Strafgefangene der Landstrasse». Für ihn galten die von Sturzwunden gezeichneten Pedaleure der Tour de France als unerschrockene Kämpfer, die 5425 Kilometer ihres Martyriums als eine Art moderner Kreuzweg ohne Anspruch auf Erlösung. Doch auch er wusste: Das Alpha und das Omega beim Radfahren sind die Berge. Vor ihnen sind alle klein, auch wenn sie als Sportler grosse Namen tragen.

Bahamontes hatte manches Berggemetzel für sich entschieden. Doch so sehr er die steilen und langen Anstiege im Gebirge liebte, so sehr graute es ihm vor den gefährlichen Abfahrten. Auf dem Weg ins Tal wurde aus dem Adler eine flügellahme Saatkrähe. Doch bevor man hier in den Chor der Spötter mit einstimmt, sollte man sich bewusst sein, das Abfahrten in den brutalen Tour-Etappen der 1950er-Jahren oft unter Ausschluss der Öffentlichkeit und auf Naturstrassen zu bewältigen waren. So kam es durchaus vor, dass ein Fahrer stürzte und erst Stunden später in einer unzugänglichen Talsenke schwer verletzt geborgen werden konnte.

Die Tour ist ein Garant für aussergewöhnliche Geschichten. So trug sich auch auf der 17. Etappe im

Jahr 1954 eine Begebenheit zu, die noch heute gern kolportiert wird: An einem schmerzhaft heissen Julitag erreichte der Adler, auf dem gefürchteten Alpenteilstück von Lyon nach Grenoble, als Leader den zweiten Bergpreis des Tages, den Col de Romeyère, schreckte aber davor zurück, ohne Begleiter die schmale und steile Abfahrt in Angriff zu nehmen. So legte er sein Rad ins saftige Alpengras, marschierte durch ein staunendes Zuschauerspalier, besorgte sich ein Erdbeereis und schleckte, während er oben auf seine Konkurrenten wartete, ausgedehnt und genüsslich daran. Solche Extravaganzen führten dazu, dass böse Zungen behaupteten, Bahamontes hätte den Sinn der Tour de France eigentlich nie so richtig verstanden. Ihm sei es all die Jahre nie um den Gesamtsieg, sondern lediglich um die Bergkrone gegangen.

Erst Jahre später, nachdem Bahamontes schon lange zurückgetreten war und in Toledo in seinem eigenen Geschäft Sportartikel verkaufte, erzählte er einem Reporter der belgischen Zeitung *Het Volk:* Seine lange Karriere sei durch Einsamkeit geprägt gewesen. Bei Trainingsfahrten oder in Rennen habe er unzählige Stunden allein auf dem Rad zugebracht. Er sei oft wochenlang mutterseelenallein herumpedalt, sodass er sich nicht selten – vielleicht nicht immer im günstigsten Augenblick – unwiderstehlich nach Gesellschaft gesehnt habe.

Wäre damals der französische Schriftsteller und Philosoph Albert Camus, dem Gespräch aufmerksam lauschend, an einem Nebentisch im Strassencafé gesessen, dann hätte er vermutlich die letzten Passagen seines Essays *Der Mythos von Sisyphos* wiederholt: «Der Kampf gegen den Gipfel vermag ein Menschenherz auszufüllen. Wir müssen uns Sisyphos als einen glücklichen Menschen vorstellen.»

Big Fat Mama

«Everyday, everyday I have the Blues. When you see me worried, Baby. Because it's you I hate to lose. Oh, nobody loves me, nobody seems to care. Speaking of bad luck and trouble. Everyday, everyday I have the Blues.»

Das ist die Geschichte von Lightnin' Hopkins, der eigentlich Sam hiess und bei jedem Wetter eine schwarze Sonnenbrille samt breitkrempigem Hut trug. Wenige Monate nach der Entwöhnung von der Mutterbrust zupfte er bereits mutterseelenallein auf einer Gitarre herum. Ein Menschenleben später zupfte er immer noch auf seiner Gitarre herum, als man ihn in Houston, Texas, in ein drittklassiges Altersheim abschob. Hier sass er tagtäglich allein auf der Veranda, umgeben von einer Schar regungsloser Körper. Er brabbelte Unverständliches vor sich hin, schrammte dazu auf seiner geschundenen Fender Stratocaster zittrige Akkorde und bedankte sich in regelmässigen Abständen bei seinem Publikum. Wenn sich ab und zu eine Schwester bei ihm erkundigte, was er da für einen Song spiele, antworte er nach einer kurzen Pause und einem ausgedehnten Blick in die Vorgärten der Unendlichkeit: «Ouuh yeah, Big Fat Mama» – worauf sich die Jüngeren beleidigt fühlten und die Älteren nur mitleidvoll lächelten.

Die ersten zaghaften Versuche einer Lebenslinie zog Sam in einem trostlosen Kaff namens Centerville, irgendwo im tiefsten «Bohnenfresser-Süden» der Vereinigten Staaten. Seine Gitarren fertigte er geschickt aus den Zigarrenkisten seines Vaters. Der rauchte so viel, dass Sam ein ganzes Orchester mit derartigen Instrumenten hätte ausrüsten können. Sogar beim Einschlafen hing stets eine glühende Zigarette in seinem Mundwinkel, die dann der kleine Sam im richtigen Augenblick sorgfältig zu entsorgen hatte. So erstaunt es nicht, dass sich auch Sam schon früh im Schuppen hinter dem Haus heimlich Zigaretten und billige Zigarren ansteckte. Als ihn seine stets wachsame Mutter, die von mehr als stattlichem Wuchs gewesen sein soll, beim Paffen erwischte, verdrosch sie ihn dermassen, dass er eine Woche nicht mehr aufrecht sitzen konnte. Von daher rührte vermutlich auch sein unerschütterlicher Respekt vor voluminösen Damen; denn immer wenn er später seine Gitarre ergriff, die Augen schloss und voller Inbrunst eine «Big Fat Mama» besang, klang das alles andere als despektierlich.

Auf den Baumwollfeldern verbrachte Sam so etwas wie eine Kindheit, wenige Jahre, die kaum jemand bemerkte – er selbst vermutlich am wenigsten. Jeden einzelnen Tag sehnte er sich danach, so schnell wie möglich erwachsen zu werden. Von früh morgens an mussten die Kinder in Centerville anpacken. Nur am Abend gab es wenige unbeschwerte Momente. Nach der Arbeit nahm Sam seine Gitarre zur Hand und verzauberte mit spontanen Konzerten im Hühnerhof die ganze Nachbarschaft: *Watch My Fingers* sang er, wie er es im Radio von Robert Johnson gehört hatte, oder *Really Nothin' But the Blues.* Bei *Back to New Orleans* begannen sogar die Alten mit den Fingern zu schnippen, bis die Mutter dem ganzen Spektakel ein abruptes Ende bereitete und Sams Gitarre unsanft in ihren Kleiderschrank beförderte.

Im zarten Alter von acht Jahren traf er durch Zufall auf den vierzehn Jahre älteren Musiker Blind Lemon Jefferson, der im Mississippi Delta bereits so bekannt war, dass er in den meisten Bars anschreiben lassen konnte. Der blinde Gitarrist brachte ihm die magischen Griffe bei, die später wie sanfte Zuckungen aus Sams Armen zu fliessen schienen. Mit ihm ging er monatelang auf Tournee, bevor Blind Lemon 1929 auf mysteriöse Weise bei einem Schneesturm in Chicago auf offener Strasse erfror. Von seinem ersten Vorbild hatte er auch gelernt, dass man niemals am Sonntag auftreten sollte, da der Tag des Herrn zwar mit Gospel gesegnet sei, aber ohne jeglichen Blues auskommen müsse. Seine Mutter doppelte nach, indem sie ihm strengstens verbot, auf der Bühne öffentlich zu fluchen.

Kurz vor dem Ausbruch des Zweiten Weltkriegs heiratete Hopkins seine erste Frau, die ihn, nach eigenen Angaben, in Körperwuchs und erzieherischer Strenge an seine Mutter erinnerte. Er versuchte, in sicherer Entfernung der verführerischen Clubs, sich als hart arbeitender Pachtbauer durchzusetzen. Doch der Landbesitzer Tom Moore, der Sam schlechter behandelte als je ein anderer Weisser zuvor, liess ihn daran zweifeln, dass Gott den Menschen wirklich nach seinem Ebenbild geschaffen haben soll. Noch am Tag des unerwarteten Todes seiner Frau, die zu Hause bei ihrer Mutter ein Fieber auskurieren wollte, musste er stundenlang aufs Feld. Sam rächte sich später mit dem *Tom Moore Blues* und bannte für immer die Zeilen auf Vinyl: «Yes, you know I got a telegram this morning, boy. It read, it say, ‹Your wife is dead›. I show it to Mr. Moore, he said, ‹Go ahead, nigger. You know you got to plow old Red.›» Ein Menschenleben war nicht mehr wert als eine Handvoll Dollar. Nachdem er seine Frau eigenhändig begraben hatte, nahm er seine Gitarre und machte sich auf den Weg nach Houston, um dort ein neues

Leben zu beginnen und von nun an als «Sunnyland Sam» aufzutreten.

«Lightnin'» wurde Sam Jahre erst später genannt. Das war bestimmt nicht seine Idee, denn er fühlte sich selbst nie wie ein Blitz oder sonst etwas übertrieben Rasantes. Seine unglaubliche Fingerfertigkeit wirkte zwar äusserst grazil, doch kaum hatte er die Bühnenbretter verlassen, erschien sein Auftreten schmerzhaft langsam und aufreizend behäbig. Als «Blitz» wurde er erst bekannt, als er mit dem Pianisten Thunder Smith unterwegs war. Duo «Thunder and Lightnin'», das klang irgendwie dynamisch, dachte sich der findige Promotor und verpasste Sam ein Prädikat, das er nicht mehr abschütteln konnte. Von nun an wurde er in den Bars und Juke Joints von Osttexas als Lightnin' Hopkins angekündigt.

«Lightnin'» – das stand auch auf der Zellentür im Houston County Prison, wo er eine Strafe wegen Körperverletzung absitzen musste. Schon bald gab er im Hof ein Konzert für seine Mithäftlinge und widmete einer älteren Wärterin, von der er sich unwiderstehlich angezogen fühlte, den Song *Big Fat Mama,* was ihm umgehend drei Tage Isolationshaft einbrachte. Sie hatte seine versteckte Liebeserklärung ganz offensichtlich missverstanden. «Ich bin unschuldig», schrieb er kurz darauf seiner Mutter nach Hause. «Du bringst mich noch ins Grab», antwortete sie postwendend, und diese Befürchtung wurde drei Monate später zur Tatsache. Lightnin' erhielt Hafturlaub, reiste mit gesenktem Haupt nach Centerville und sang mit kehliger Stimme an ihrem Grab: *Goin' away*. Bei Sonnenuntergang schwor er sich in der alten Baptistenkirche, nie mehr mit dem Gesetz in Konflikt zu geraten.

Kaum auf freiem Fuss, zog es ihn jedoch wieder in die schummrigen Musikkeller von Houston. Er sang von einem Hurrikan, der Betsy hiess, von einer Dame, die ihm in seinen Träumen wie ein Berg erschien, von seinen beiden Mamas, die ihn verlassen hatten, und ausnahmsweise von einem schwarzen Cadillac. In den muffigen Bars und billigen Hotels von Houston fühlte er sich zu Hause; so sehr, dass er kaum dazu zu bewegen war, freiwillig seine Wirkungsstätte zu verlassen. Lediglich für Plattenaufnahmen konnte man ihn ab und zu nach Austin oder Dallas locken. Als sich in den Fünfzigerjahren Angebote aus Chicago häuften, bemerkte er trocken: «In Chicago kenne ich keinen einzigen Barkeeper, der mir Kredit gewähren würde, da will ich nicht hin!» Bei Plattenaufnahmen liess er sich seine Songs immer Titel für Titel direkt nach den Aufnahmen am Abend bar ausbezahlen. So bespielte er mehr als hundert Schallplatten, doch mit keiner einzigen konnte er wirklich

Geld verdienen. Nicht selten erinnerte er sich dann an die Worte seiner Mutter, die ihm prophezeit hatte, dass er – wenn er nicht endlich ein anständiger Mensch werde – an jedem verdammten Morgen seines schäbigen Lebens weniger Geld in der Tasche haben werde als am Abend zuvor.

Dann verschwand der Name Lightnin' Hopkins von der Bildfläche, um Ende der Sechziger urplötzlich ganz unten auf Plakaten aufzutauchen, die in grossen Lettern berühmte Bands wie Jefferson Airplane und The Grateful Dead ankündigten. Kaum hatte er seine Konzerte vor einem viel zu jungen Publikum beendet, wollte er unverzüglich nach Texas zurück. Er hatte Heimweh nach seiner zweiten Frau, die spindeldürr war und später mit seinem Bassisten durchbrannte. Von nun an erklang seine Gitarre samt Wah-Wah-Pedal nur noch im Kreis seines Stammpublikums, das mit ihm zusammen alt geworden war. Und jedes Mal, wenn er am Ende eines Auftritts seine Sonnenbrille rituell zurechtrückte und sich freundlich nach einer Zugabe erkundigte, dann krächzte bestimmt einer aus den hinteren Reihen: *«Big Fat Mama!»* Worauf Lightnin' einen Moment innehielt, unauffällig seine Gitarre streichelte und dann mit der Bemerkung in die Saiten griff: «Oh, man, for sure, that's the only thing that can make you happy!»

Ein kleiner Schritt

Es war höchst aussergewöhnlich, dass mein Vater mitten in der Nacht den Weg zu uns ins Schlafzimmer fand. Mit freudig erregter Stimme weckte er mich und meinen älteren Bruder auf. Schlaftrunken befolgten wir seine aufgeregten Anweisungen; doch wir hatten keine Ahnung, warum er uns in dieser schwülen Julinacht aus dem Schlaf gerissen hatte. Vater lotste uns in die durch einen flimmernden Bildschirm in der Ecke erleuchtete Stube. Wir staunten, denn hier waren in dieser frühen Morgenstunde viele bekannte und unbekannte Gesichter versammelt. Meine Mutter wies uns an, neben ihr auf dem Sofa Platz zu nehmen. Es war feierlich still und alle starrten wie gebannt auf unseren Schwarzweissfernseher. Das, was ich jetzt zu sehen bekommen sollte, diese wackelnden Bilder von den geisterhaften Schritten der Astronauten auf dem Mond und ihre metallisch klingenden Stimmen, prägte sich bei mir für immer ein. Hatte sich vorher meine Fantasie von Jules Vernes und von zahlreichen Folgen *Raumschiff Enterprise* genährt, so befanden sich nun wirklich Menschen im Weltall. Zwei Erdlinge hüpften auf dem Mond herum, und mein von Stolz glühender Vater verkündete immer wieder: «Unglaublich – unsere Uhren sind auch da oben!»

Damals verstand ich diese merkwürdige Bemerkung nicht; erst Jahre später erfuhr ich durch Zufall, dass die aussergewöhnliche Geschichte mit den Monduhren ganz unspektakulär im tiefsten Süden von Texas begonnen hatte: Zwei Angestellte der US-Weltraumbehörde NASA setzten sich an einem windigen Mittwochnachmittag im Jahr 1963 in ihren Dienstwagen, kutschierten nach Houston, klapperten dort die Uhrenhändler ab und kauften bei Corrigan's verschiedene Chronografen. Später im Labor überstanden lediglich drei davon die ersten Vergleichstests. Es blieben die Handaufzuguhren von Longines, Rolex und Omega im Rennen.

In jenen fernen Morgenstunden meiner Kindheit, im Sommer 1969, sassen wir also vor dem Bildschirm in unserer heimischen Stube und beobachteten das unwirkliche Geschehen. Es war Edwin «Buzz» Aldrin, Jr., der seine Speedmaster mit Spezialarmband 400 000 Kilometer entfernt von der Erde im Meer der Ruhe am rechten Unterarm spazieren führte. Neil Armstrong hatte seine sicherheitshalber in der Mondlandefähre zurückgelassen, denn bei der berühmten Apollo-11-Mission funktionierte lange nicht alles so zuverlässig wie die Schweizer Uhren – doch das sollte ich erst später erfahren. Die eigentliche Mondlandung war nämlich gar nicht das Hauptproblem. Das Abheben von der Mondoberfläche bereitete den Raumfahrtstechnikern und den Astronauten mehr Kopfzerbrechen. Michael Collins, der unbekannte Dritte, hätte beinahe allein mit dem weit entfernten Mutterschiff zur Erde zurückfliegen müssen. Auch das Andocken an den Orbiter war nicht ungefährlich, am heikelsten war jedoch der Wiedereintritt in die Erdatmosphäre, denn der musste exakt im richtigen Winkel erfolgen. Über vier Minuten lang dauerte der Unterbruch des Funkkontakts bei diesem Himmelfahrtskommando; vermutlich etwas länger, als der amerikanische Präsident Richard Nixon benötigte, um einen Blick auf seine bereits für den tragischen Notfall verfasste Rede zu werfen. Am nächsten Tag konnte man nebst viel Lob in den Solothurner Nachrichten lesen: «Es wird aber immer so sein, dass der Mensch eher nach den Sternen greift, als dass er die wirklich grossen Aufgaben auf dieser alten Erde bewältigt.»

Eine noch grössere Bewährung für Mensch und Technik kam ein Jahr später während der Apollo-13-Mission: Mitten im dritten Flug zum Erdtrabanten brach die Hauptstromversorgung der Raumkapsel zusammen. Der kürzeste Weg zurück zur Erde führte um den Mond herum. Das dauerte vier unendlich lange Tage. Bis auf den Funkempfänger stellten die Astronauten sämtliche Energieverbraucher ab. Commander James Lowell vertraute seiner Omega Speedmaster, um die Steuerungsrakete rechtzeitig zünden zu können. Sie brachte das verloren geglaubte Raumschiff wieder in die richtige Flugbahn. Eine mechanische Meisterleistung auf kleinstem Raum half mit, die Vereinigten Staaten vor einer epochalen Tragödie zu bewahren. So erstaunt es nicht, dass die NASA der Speedmaster bis zum Ende der Apollo-Missionen im Jahr 1972 treu blieb, obwohl die amerikanische Uhrenfirma Bulova mehrfach versucht hatte, die NASA zu zwingen, ihre Chronografen im All einzusetzen.

Zu meinem achtzehnten Geburtstag erhielt ich dann völlig unerwartet eine richtige Monduhr geschenkt, und mein Vater, stolzer Spross einer Solothurner Uhrmacherfamilie, erzählte mir von den wiederholt durchgeführten Temperaturtests, den Schockprüfungen, den Versuchen mit massiver Beschleunigung und der hohen Luftfeuchtigkeit, denen die Uhren im Labor ausgesetzt worden waren. Verständlicherweise zeigten bei dieser Tortur sämtliche Fabrikate Schwächen, eine der Uhren blieb sogar stehen, doch die NASA-Techniker waren überzeugt: Als offizielle Uhr für die geplanten Apollo-Missionen kam nur die hochgenaue und widerstandsfähige Speedmaster Professional in Frage, die eigentlich ursprünglich für den Motorsport entwickelt worden war.

Noch heute sehe ich mir immer wieder die verschwommenen BBC-Aufnahmen der Mondlandung an, begleitet vom psychedelischen Synthesizergewummer der britischen Band Pink Floyd, und bin mir dabei nicht sicher, was mich mehr bewegt, die epochalen Bilder oder der sphärische Sound. Für mich stand es von Anfang an ausser Frage, dass die Amerikaner wirklich auf dem Mond gewesen sind. Es gab keine Verschwörungstheorie, die mich nur annähernd überzeugt hätte. Fasziniert hat mich jedoch seit je die Rückseite des Mondes, die eigentlich gar nicht existiert, von der man früher jedoch annahm, dass dort bösartige Wesen oder ausserirdische Mondbasen anzutreffen seien. Und an dieser Stelle kommen schon wieder Pink Floyd mit ihrem erfolgreichen Album *The Dark Side of the Moon* ins Spiel. Es gab mir und einer ganzen Generation von Zuhörern jede Menge Rätsel auf, da nicht nur die Schattenseite von Himmelskörpern besungen wurde. Auch in der Schuldisco war *The Dark Side* ein Hammer: Zu diesen Klängen konnte man scheinbar unendlich lang eng umschlungen mit den nach Moschus und Erdbeerkaugummi riechenden Mädchen tanzen.

Noch mehr beschäftigt haben mich die Worte des ersten Menschen auf dem Mond. Ich überlegte mir immer wieder, was ich an seiner Stelle gesagt hätte. Neil Armstrong war Astronaut, kein Poet und sicherlich auch nicht für die Öffentlichkeitsarbeit prädestiniert. Doch ich frage mich noch heute, ob sein einprägsamer Ausspruch, «Es ist ein kleiner Schritt für mich, aber ein grosser Sprung für die Menschheit», nicht doch von der amerikanischen Regierung vorgegeben war. Hätte Armstrong stattdessen auch einfach sagen können: «Hier oben ist wirklich gar nichts los!» oder «Ich grüsse ganz speziell meine Pokerkollegen in Stormwater, North Carolina – und kann heute eine grosse Milchstrasse vorweisen»? Selten überliefert – jedoch in meinen Augen authentischer – ist der Ausruf von Buzz Aldrin: «*A magnificent desolation!* – Eine grossartige Einöde!»

Mir ist der Mond als nächtlicher Begleiter von jeher sympathischer als die grelle Sonne am Tag. Man muss nicht zum Mond fliegen, um ihn zu entdecken. Es vergeht keine Nacht, in der ich ihn nicht suche, auch wenn er von Wolken zugeschmiert ist oder gar ganz verborgen. Der Mond lässt mich nicht los. Die zwölf Astronauten, die bisher zum Erdtrabanten geflogen sind, scheinen verständlicherweise noch stärker im Bann des Erdnachbarn zu stehen, denn kaum einer hat diese weite Reise ohne «lunaren Tick» überstanden. So wissen die Medien zu berichten, dass Neil Armstrong in Sachen Mond und Apollo-Mission völlig verstummt sei. Die extreme Überhöhung seiner Person war ihm stets zuwider. Er hielt sich nach der Mondlandung als Professor für Aerodynamik bewusst im Hintergrund. Nur einmal verlor er die Contenance und ging juristisch gegen einen Coiffeur vor, der für 3000 Dollar Haare von ihm an einen Sammler verkauft hatte.

Andere Weltraumreisende scheinen nach ihrem Ausflug in die Schwerelosigkeit zurück auf der Erde den Halt verloren zu haben. Buzz Aldrin wurde von schweren Depressionen heimgesucht, die in einer langjährigen Alkoholsucht endeten; Alan Bean zog sich zurück und malte am Laufmeter sonderbare Mondbilder, die er jedoch auf keinen Fall kommentieren wollte, und John W. Young, Mitglied des Apollo-16-Unternehmens, wurde zu einem lautstarken Kritiker der NASA. Der tief religiöse James B. Irwin äusserte nach seinem Mondaufenthalt als Prediger mehrfach moralische Vorbehalte gegenüber weiteren Expeditionen und suchte später im Araratgebirge nach den Überresten der Arche Noah. Charles M. Duke flippte nach seiner Rückkehr völlig aus, schikanierte seine Frau und terrorisierte die Kinder. Später übernahm auch er ein geistliches Amt und fand durch den Glauben den Frieden mit seiner

Familie wieder. Edgar D. Mitchell aus der Apollo-14-Crew gründete ein privates Institut zur Erforschung von Bewusstseinsveränderungen. Jahrzehnte nach seinem Flug zum Mond machte er mit bizarren Äusserungen zu Ufos und anderen esoterischen Themen auf sich aufmerksam. Bereits auf dem Mond hatte er ein nicht bewilligtes parapsychologisches Experiment durchgeführt, was man jedoch erst später herausfand.

Der griechische Schriftsteller Aischylos nannte den Mond «das Auge der Nacht». Ohne Mond wäre die Erde ein völlig anderer Ort, vermutlich sogar unbewohnt. Sein gedämpftes Licht wird als Quelle des Lebens verehrt, jedoch auch als Todesbote gefürchtet. Jede Nacht tritt er seine Reise an. Die zuverlässigen Omega-Speedmaster-Chronografen zeigen derweilen präzis die Zeit an. Die Gruppe Pink Floyd hat sich zwar aufgelöst, doch ihre Musik klingt noch immer durch Raum und Zeit. Der gewonnene Blick vom Mond auf die Erde hinunter ist trügerisch, denn unsere Sichtweise hat sich dadurch nicht spürbar erweitert; der Blick über den Mond hinaus bleibt weiterhin das grosse Rätsel schlechthin – für diese Winzigkeit aus unreinem Kohlenstoff und Wasser, die sich selber als «Krone der Schöpfung» betrachtet.

Wie ich springen lernte

Es wäre wohl übertreiben zu behaupten, ich hätte bereits schwimmen können, noch bevor ich meine ersten Schritte gewagt habe. Auf jeden Fall fühlte ich mich jedoch schon früh pudelwohl im nassen Element. Das Schwimmen wurde mir natürlich nicht in irgendeinem uringetränkten Planschbecken oder in abgestandenem Hallenbadwasser beigebracht, sondern in unserem Wasserämter Ozean – im kobaltblauen Wasser des Burgäschisees.

In meiner Jugend war der beschauliche Burgäschisee lange Zeit der Nabel meines Streunerlebens: im Sommer mit Kollegen im Strandbad, im Winter auf den Schlittschuhen mit Stock und Puck beim erbitterten Aufeinandertreffen gegen die gefürchtete Konkurrenz aus dem Nachbardorf. Diese Spiele arteten nicht selten in üble Keilereien aus, bei denen wir meistens den Kürzeren zogen, da in unseren Reihen weniger Ersatzspieler vorhanden waren und beim Gegner ohne Vorwarnung auch kleinere und vor allem grössere Brüder handfest ins oft blutige Gefecht eingriffen.

Deshalb waren mir die Sommermonate eindeutig lieber. Im Wasser fühlte ich mich freier und es gab, sollte es einmal brenzlig werden, auch mehr Fluchtmöglichkeiten. Das Schwimmen war jedoch nur das eine. Weit spektakulärer waren die Sprünge vom Einmetersprungbrett oder – die Mutprobe schlechthin – die Bezwingung des Allerhöchsten, des gefürchteten Dreimeterturms. Ich kann mich noch genau an das Gefühl der Erleichterung erinnern, als ich mich nach langem Hin und Her und einer ganzen Woche Bauchschmerzen endlich traute, von dieser in Beton gegossenen Herausforderung männlicher Verwegenheit höchst unelegant ins Wasser zu plumpsen.

Noch stärker hat sich jedoch mein allererster Hechtkopfsprung in meinem Gedächtnis eingebrannt. Schon früh an jenem schwülen Julimorgen war ich aufgeregt aufgewacht und wusste: Der Tag der Entscheidung war gekommen. Ich musste heute sämtliche Ängste überwinden, um mich tollkühn kopfüber in das nach Talg riechende Seewasser zu stürzen. Meine Schulkollegen Manuel und Beat hatten es bereits mehrfach vorgemacht. Ich war mir bewusst: Wollte ich nicht all mein Ansehen verlieren, so musste ich diesen für die Menschheit äusserst kleinen, für einen pubertierenden Jungen aber so gewaltigen Schritt endlich wagen. Ohne genussvoll Raketenglace zu schlecken, eiskalte Cola zu schlürfen oder Berge von Speckgummis zu vertilgen, sass ich einen halben Nachmittag lang meditativ auf meinem blauen Jugend-und-Sport-Badetuch und konzentrierte mich auf den Betonturm, der mir in seiner unermesslichen Dimension wie eine Rampe ins Jenseits erschien.

Zwei- oder dreimal erhob ich mich und schritt stolz wie ein Kunstturner, der zu einem doppelten Salto mit Schraube ansetzt, los, um dann nach mehreren unentschlossenen Runden um die benachbarten Badtücher frustriert auf den Ausgangspunkt meiner Unternehmung niederzusinken. Es schien mir, als würde ich vom versammelten Badevolk höhnisches Gelächter vernehmen – in Wirklichkeit kümmerte sich jedoch niemand um meinen Zustand der totalen Agonie. Ich war ganz allein in dieser sommerlich vibrierenden Welt. Die Hitze erschien mir unerträglich, tief drinnen fühlten sich jedoch meine Eingeweide wie gefrorene Fischstäbchen an. In meinen kindlichen Fantasien sah ich mich schon vom Turm in die Tiefe stürzen und beim Aufprall in blutige Fetzen zerbersten. Still nahm ich Abschied von meiner Familie, von meinen Schulkollegen und von meiner geliebten Minitrix-Modelleisenbahn.

Doch dann gab ich mir einen Ruck. Später konnte ich mich an nichts Genaues mehr erinnern. Geradewegs steuerte ich wie in Trance auf das Pièce de Résistance zu. Nein, ein olympiareifer Sprung war es bestimmt nicht, doch wichtig war die Überwindung. Ich hatte mich todesmutig vom Brett in den Sommerhimmel katapultieren lassen. Nach dem Auftauchen war mein Stolz grenzenlos, denn ich gehörte jetzt voll und ganz zur Gruppe der tollkühnen Kliffspringer, was nicht zuletzt meine Aktien bei den Mädchen gehörig steigen liess. Ja, hoffentlich hatten es alle gesehen. Mein Gesicht brannte vor Glückseeligkeit. Nichts konnte meine Stimmung trüben. Ich hatte das graue Ungetüm bezwungen. Ich fühlte mich wie der König der Welt. Als ich aus dem Wasser stieg und mit geschwellter Brust zurück zu meinem Platz marschierte, vermeinte ich über die Lautsprecher der Badi den Soundtrack des Boxerfilms *Rocky* zu vernehmen. Tagelang genoss ich meinen neu erlangten Heldenstatus, bis ich ganz nebenbei erfuhr, dass es in der Badi in Solothurn ein Zehnmetersprungbrett geben solle.

Le Pétomane

Ein befreundeter Historiker erzählte mir kürzlich, dass er im südfranzösischen Städtchen La Valette, in der Nähe von Toulon, zufällig auf das Grab eines Kunstfurzers gestossen sei. Als ich ihn darauf irritiert anblickte, fuhr er unbeirrt weiter und berichtete, dass dieser anerkannte Künstler Ende des 19. Jahrhunderts im Moulin Rouge in Paris eine höhere Gage eingesteckt habe als die grosse Sarah Bernhardt. «Le Pétomane», wie sich Joseph Pujol mit Künstlernamen nannte, vermochte mit seinen akustischen Einlagen nebst Tausenden von gewöhnlichen Zuhörern auch den britischen Thronfolger Edward, den belgischen König Leopold II. und Sigmund Freud zu begeistern.

Ich war immer noch nicht sicher, ob mein Kollege mir einen Bären aufbinden wollte. «Wäre interessant gewesen zu erfahren, was Freud über diesen Anal-Akrobaten gedacht hat», ergänzte er mit einem Schmunzeln. Und er rundete seinen vulgärhistorischen Exkurs mit der Bemerkung ab: Auf jeden Fall war der flatulierende Pujol eine weltberühmte Attraktion. Zu seinem Repertoire sollen die Marseillaise, Kinderlieder und die Imitation diverser Blasinstrumente gehört haben. Als Zugabe folgte jeweils eine Improvisation der Geräuschkulisse des Erdbebens von San Francisco.

Noch Stunden später verfolgte mich diese Geschichte. Dabei war ich mir jedoch nicht im Klaren, was mich daran mehr gestört hatte: die simple Furzerei an und für sich oder der Umstand, dass man damit viel Geld verdienen konnte.

Saufen

Brönimann polterte los: «Was die Jungen heute so zusammensaufen, das kann sich unsereins nicht einmal im Traum vorstellen!» Die freitägliche Stammtischrunde nickte ihm zustimmend zu. «Die sind jedes Wochenende total blau und randalieren», ergänzte der rotwangige Künzli. Man genehmigte sich in corpore einen grossen Schluck, bevor Brönimann weiterfuhr: «Das Bürgerspital ist am Samstagabend mit zwölfjährigen Alkoholleichen belegt, die zum Überlaufen voll mit Wodka-Red-Bull und anderen klebrigen Gesöffen in den Notfall eingeliefert werden.» – «Die trinken sich reihenweise ins Koma», wusste Plättlileger Hämisegger zu ergänzen, «das nennt man heute Bataillon oder so ähnlich.»

Künzli bestellte ein weiteres Grosses. Brönimann wischte sich den Schaum von der Nasenspitze und proklamierte: «Warum unternimmt eigentlich niemand etwas dagegen? Kein Wunder, dass die Krankenkassenprämien jedes Jahr dermassen ansteigen.» Jetzt mischte sich auch der bleiche Flury, stolzer Fähnrich des örtlichen Turnvereins, ins Gespräch ein und posaunte: «Schuld sind die Eltern, denen ist alles scheissegal, deswegen kennen die Jungen heute keine Grenzen mehr. Die Achtundsechziger lassen grüssen. Laissez-faire ist Volkssport!» – «Ja, das war früher schon ganz anders», grunzte Künzli und erntete für diese Bemerkung geschlossene Zustimmung. Es herrschte einen Moment andächtige Stille am Stammtisch im Rössli. Alle schienen in Erinnerungen zu schwelgen. In der Gaststube war es feierlich ruhig, nur aus dem Radio war im Hintergrund das Abendprogramm von DRS 1 zu vernehmen.

Da erklang Flurys bebende Stimme erneut: «Könnt ihr euch noch erinnern, 1972 am Eidgenössischen Turnfest in Aarau, da standen wir alle auf den Tischen und haben gestampft, bis wir aus den Schuhen kippten. Aus den Tischgarnituren haben wir Kleinholz gemacht, und am nächsten Tag gab es auf dem ganzen Festgelände kein Bier mehr!» – «Heieiei», fuhr Brönimann dazwischen, «ich fühlte mich eine Woche später noch ganz benommen.» Alle lachten. «Den alten Bösiger mussten wir bewusstlos zum Bahnhof tragen, und Oberturner Hofstetter hat im Zug in einen geklauten Bierhumpen gepinkelt, weil die Toilette durch den schlafenden Jäggi dauerbesetzt war», ergänzte Künzli und verschüttete vor Lachen beinahe sein Grosses. «Ich hatte meine ganze Turntasche voller ausgerissener Geranien», keuchte der ehemalige Posthalter Affolter. «Meine Rosa hat schön gestaunt, als sie am nächsten Morgen meine Kleider zum Waschen herausnehmen wollte.»

Man lächelte zufrieden und trank still auf ex. Die Vergangenheit und ihre süssen Erinnerungsfetzen hatten Besitz vom sonst so lärmigen Stammtisch genommen. «Ja, das waren noch Zeiten», resümierte Flury. «Es ist wirklich schade, dass das die Jungen heute nicht mehr so kennen», lamentierte Brönimann. Dann servierte Fränzi die nächste Runde.

Der tägliche Telefonterror

«Hallo, Schatzi, bist du immer noch böse auf mich?» Die von allen ersehnte Antwort blieb aus. Dafür folgte eine nächste herzzerreissende Frage: «Warum bist du so nachtragend?» Doch auch in diesem Fall konnte die wachsende Zuhörerschar die Entgegnung der übers Handy angesprochenen Person nur erahnen. Mittlerweile war es im ganzen Zugabteil auffällig ruhig geworden, gebannt wartete man auf die Fortsetzung der öffentlichen Beziehungskrise. Der Mittzwanziger mit dem Mobiltelefon holte zur alles entscheidenden Frage aus: «Honey, liebst du mich eigentlich noch?» Die Spannung im Intercity von Bern nach Fribourg erreichte ihren Höhepunkt, doch dann bereitete ein Tunnel bei Flamatt dem mobilen Liebesdrama ein jähes Ende.

Ich kann zwar keine wissenschaftlichen Daten und Beweise einbringen, doch es scheint mir durch jahrelange persönliche Feldforschung erwiesen, dass ein grosser Teil der Handybenutzer – und somit etwa zwei Drittel der Bewohner Europas – alles um sich herum vergisst, sobald das handliche Telefon klingelt, piepst, surrt oder dudelt. Die Strahlen des Handys scheinen innert Sekundenbruchteilen in den Hirnwindungen der Benutzer einen Blackout anzurichten. Das anwesende Gegenüber ist auf einen Schlag nur noch sekundär. Als Folge davon muss ein ganzes Zugabteil oder ein voll besetzter Bus mit anhören, warum der Exmann der grösste Trottel weit und breit ist oder was der gesamte Kollegenkreis am Wochenende verbrochen hat. «Auditiven Exhibitionismus» könnte man dieses Phänomen benennen. Laut herauslachen musste ich übrigens kürzlich, als ich las, dass in Schweden Handys «ficktelefon» heissen – das ist zwar zusammenhangslos – aber doch irgendwie passend.

Es wäre es für das öffentliche Klima unzweifelhaft von Vorteil, wenn man sich über den angemessenen Umgang mit diesen Wunderwerken der Technik Gedanken machen würde. Ein Schulfach «Sinnvoller Umgang mit modernen Kommunikationsmitteln» wäre ein erster Schritt. Doch dieses Thema geht nicht nur die Jugend an: Erst kürzlich musste ich im Zug miterleben, wie eine ältere Dame den Kondukteur bei der Fahrkartenkontrolle zurechtwies, weil der sie beim Telefonieren gestört hatte. Auch das Grüssen scheint ausser Mode gekommen zu sein, da die meisten, wenn sie zu Fuss unterwegs sind oder ein Geschäft betreten, entweder telefonieren oder den iPod eingestöpselt haben. Rekordverdächtig sind jene Jugendlichen, die mit aufgesetzten Kopfhörern einhändig ihre SMS eintippen und gleichzeitig lautstark mit ihren Kollegen diskutieren.

Der tägliche Telefonterror stellt uns vor neue Herausforderungen. Der umweltverträgliche Umgang mit dem Handy will gelernt sein. Ansonsten müsste man in öffentlichen Verkehrsmitteln und in Restaurants zu einem drastischen Mittel greifen: Störsender oder Telefonkabinen für Handybenutzer könnten dann flächendeckend zur kommunikativen Notbremse werden.

Selten Frauen im Kopf

«Wenn du zum Weibe gehst, vergiss die Peitsche nicht!», soll der frauengeschädigte Philosoph Friedrich Nietzsche der Männerwelt als gut gemeinten Tipp mit auf den Weg gegeben haben. Dieses berühmte, jedoch aus dem Zusammenhang gerissene Zitat muss oft herhalten, wenn die Beziehung zwischen Männern, insbesondere Philosophen und Frauen abgehandelt wird. Nietzsche als Urvater der noch heute oft propagierten weiblichen Minderwertigkeit? Diese schändliche Haltung lässt sich bei genauerer Überprüfung so nicht belegen. Doch der ewige Griesgram und Schwerenöter hatte offenbar tatsächlich nicht viel für die Damenwelt übrig – was man ihm aber nicht ganz verübeln kann, wenn man seine Familienverhältnisse etwas genauer betrachtet. In einem Haus ohne Vater und voller Frauen geriet er schon früh auf einen zwischenmenschlichen Schleuderparcours ohne Leitplanken. Noch nach seinem Tod versalzte ihm seine herrschsüchtige Schwester mächtig die Suppe und manövrierte sein Gedankengut bewusst in die Fänge der Nazi-Propagandisten.

Eigentlich müsste man die Fragestellung andersrum aufbauen: Können Frauen überhaupt mit Philosophen glücklich werden? Einen tragischen Höhepunkt stellt in dieser Hinsicht der Däne Søren Kierkegaard dar: Nicht, dass ihn seine angebetete Regine nicht gewollt hätte; nein, er selbst erachtete sich aus für Aussenstehende schwer nachvollziehbaren Gründen nicht als würdig, seiner Herzallerliebsten das Wasser bzw. den Ring reichen zu können. Als dann die irritierte Regine nach aufwühlenden Monaten die Verlobung löste und einem anderen Mann die ewige Treue versprach, verlor der unglückliche Søren vollständig den Halt im Leben und versank in auswegslosen Grübeleien.

Philosophen und Frauen, das ist wahrlich ein delikates Thema. Die einen Denker haben sich vor Frauen gefürchtet wie der Teufel vor dem Weihwasser, die anderen pflegten, wie der gute Immanuel Kant, zwar geziemenden Umgang mit den Damen, liessen sie jedoch nie näher als auf Handschlagweite an sich heran, und die dritte Gruppe versuchte sie gar als minderwertiges Menschengeschlecht abzutun. So ist, laut Arthur Schopenhauer, in seiner letzten Phase des Altersstarrsinns, das Wesen der Frau eine Art Mittelstufe zwischen dem Kinde und dem Manne. Auch Aristoteles, voll und ganz im antiken griechischen Denken verhaftet, lässt als mächtiger Übervater der europäischen Philosophie die «Weiber» nur als halbwegs geglückte Versuchsobjekte der Schöpfung gelten. Seinem Lehrer Platon wird sogar die «platonische Liebe» in die Schuhe geschoben, obwohl ihm dieser kuriose Waffenstillstand in Triebangelegenheiten sicher genauso suspekt vorgekommen wäre wie den kritischen Denkern in der heutigen Zeit. Wenn schon müsste dieser unnatürliche Zustand «wittgensteinische Liebe» heissen, da Selbiger Heiratsanträge zu machen pflegte, unter der Bedingung, dass auf Sex verzichtet wurde.

Doch jetzt droht die ganze Angelegenheit einseitig zu werden. Es wären an dieser Stelle auch geglückte Partnerschaften von Philosophen zu erwähnen, doch die erscheinen in der Philosophiegeschichte oft nur in den Fussnoten. Es wird viel lieber von Sokrates berichtet, der in seiner letzten Lebensstunde seine wehklagende Ehefrau Xanthippe aus der Kammer verwiesen haben soll, wo er sich im Kreis seiner Freunde zum Sterben niedergelegt hatte. Es scheint, dass sie ihn zuvor sogar richtiggehend in das gefährliche Geschäft der Philosophie getrieben haben soll, da sie ihm zu Hause die Hölle heiss machte und er darum auf den Marktplatz flüchtete, um seine Mitbürger in Gespräche zu verwickeln. Doch das sind vermutlich nur üble Gerüchte aus den Reihen seiner frauenfeindlich denkenden Schülerschaft.

Einige Philosophen wurden jedoch, man würde es kaum denken, tatsächlich von Frauen umworben. Ihre atemberaubende Geistesgrösse und der imponierende Intellekt mögen auf einzelne Vertreterinnen des schönen Geschlechts aphrodisisch gewirkt haben. Der Schotte David Hume, obwohl vom Naturell her eher ein klassischer Langweiler, genoss im Edinburgh des 18. Jahrhunderts regen Zuspruch seitens der Damenwelt. Auch der kecke Voltaire hielt sich mit geschickt eingefädelten Liebschaften finanziell über Wasser. Doch ungeschlagen ist der exzentrische Pfeifenschmaucher Lord Bertrand Russell. Nach den ersten Monaten mit seiner vierten Ehefrau bekannte er, er habe am Ende gefunden, was er in seiner lebenslangen Sehnsucht nach Liebe gesucht habe, um sich zwei Wochen später im Kreise einer Gruppe Schönheitsköniginnen mit dem Ausspruch verewigen zu lassen: «Man lernt im Laufe eines Lebens mehr schöne Frauen kennen, als einem Lebensjahre vergönnt sind.» Als ihm bald darauf, wie schon so oft zuvor, von verschiedenen Seiten unmoralisches Verhalten vorgeworfen wurde, konterte der adlige Querdenker in seiner unnachahmlichen Art: «Moralisten sind Leute, die sich jedes Vergnügen versagen, ausser demjenigen, sich in das Vergnügen anderer Leute einzumischen.»

Zwei Schläge auf eine Fliege

«Gott straft sofort». Kaum ein anderes Sprichwort liegt mir dermassen auf dem Magen wie dieses unsägliche «Gott straft sofort». Würde er, sie oder es das wirklich tun, dann wäre aus theologischer Sicht Hopfen und Malz verloren. Denn dieses Sprichwort überspannt den Bogen und rückt den Allmächtigen in ein schiefes Licht.

Man sollte sich von Redewendungen nicht an der Nase herumführen lassen. Eine gute Nase zu haben ist zweifellos ein Vorteil, ausser etwas stinkt zum Himmel. Was ja bekanntlich bei unseren Zahlungsmitteln nicht der Fall ist, denn Geld stinkt nicht, ausser wenn es die Welt regiert, dann kann es unter Umständen anrüchig werden. Alles hat seinen Preis, denn das Geld ist eine Hure, die nie schläft und nur für Geld Zeit hat; doch was solls, zuerst kommt ja sowieso das Fressen und dann die Moral, wenn eine Hand die andere wäscht und das Schweigen Gold einbringt. So wird das Ganze schnell zu einer Rechnung ohne den Wirt, jedoch mit dem Milchmädchen, vor allem wenn es Hand und Fuss hat.

Von der Hand in den Mund können jedoch nur diejenigen leben, die bei Auge um Auge und Zahn um Zahn nicht den Kürzeren gezogen haben. Sonst gibt es nur noch Suppe, die nicht so heiss gegessen wird, wie sie gekocht wurde, die aber auf jeden Fall ausgelöffelt werden muss. Oder heissen Brei, um den man herumreden kann, wenn man es nicht auf den Punkt bringen will. Der Hunger ist von jeher der beste Koch, doch er kommt erst mit dem Essen; und gibts nichts, dann frisst in der Not der Teufel mit, doch der will nur Fliegen, bevor er auf den grössten Haufen scheisst. Andere Länder, andere Sitten, nur der Bauer isst immer das, was er kennt, selbst wenn ihm jemand die Suppe versalzen hat. Doch bevor man die Löffel abgibt, sollte man sicher sein, dass die eigene Uhr abgelaufen ist. Manch einer macht im Winter den Schirm nicht zu und beisst erst im Frühling ins Gras, da sein letztes Stündchen noch nicht geschlagen hat und er ungern über die Klinge springt, denn dabei könnte er sich ins eigene Fleisch schneiden.

Wenn man vom Teufel spricht, dann taucht er zum Glück meistens nicht persönlich auf. Man soll ihn jedoch nicht an die Wand malen, sonst lässt er sich trotzdem blicken, bevor die Farbe trocken ist. Dann hilft nur noch Beten und natürlich Weihwasser, damit man ihn mit dem Beelzebub austreiben kann.

Liegt er jedoch im Detail, wird es höllisch schwierig, ihn aus der Welt zu schaffen. Zum Glück ist bei Gott kein Ding unmöglich, auch wenn seine Wege unergründlich sind. Der Mensch denkt und Gott lenkt, und ehe man noch ein Wörtchen spricht, weiss schon Gott, was uns gebricht. Regeln sind da, um gebrochen zu werden und Sprichwörter können manchmal garstig alte Kamellen sein, selbst wenn sie irgendwie schlau klingen. Auf jeden Fall sind sie kein unbeschriebenes Blatt, schenken selten reinen Wein ein und predigen durchs Band ungetrübtes Wasser. Das Schlimmste sind ihre sprachliche Eingängigkeit und der unumstössliche Umstand, dass man sich kaum je die Mühe macht, sie zu hinterfragen, auch wenn sie fast nie Hand und Fuss haben und auch im Sommer nicht selten Schnee von gestern sind.

Der Schein trügt, denn Irren ist ausschliesslich menschlich. Doch der goldene Mittelweg ist immer noch besser als ein fauler Kompromiss. Aller Anfang ist schwer, wenn dann lediglich das Ende gut ist. Gleich und Gleich gesellt sich gern, wenn Gegensätze sich anziehen. Sprichwörter sind Worthülsen voller toter Buchstaben, die sich oft mit fremden Federn schmücken und uns zum Narren halten; Sprachfetzen, die sich eingebürgert haben und keine Ausschaffung mehr befürchten müssen. Doch wir wollen das Kind nicht mit dem Bade ausschütten:

Besser eine Stunde zu früh als eine Minute zu spät, denn der frühe Vogel fängt den Wurm, auch wenn der sich in den hintersten Winkel verkrochen hat, nämlich genau dort, wo sich Fuchs und Hase gute Nacht sagen. Doch aufgepasst: Eine Schwalbe macht noch keinen Sommer, und zwei Tauben in der Pfanne sind besser als eine auf dem Dach. Lassen Sie sich keinen Bären aufbinden, auch wenn die Ratten das Schiff noch nicht verlassen haben. Wir sitzen alle im gleichen Boot, und wer letztlich zu spät kommt, den bestraft das Leben, auch wenn er nicht von den Hunden gebissen wird. Übrigens: Beissende Hunde bellen nicht, darum grundsätzlich lieber spät als nie, denn gut Ding hat Weile und die Oper ist nicht zu Ende, bevor die dicke Dame singt.

Der Ton macht die Musik, auch wenn die Misstöne sich häufen. Böse Menschen haben keine Lieder, aber häufig eine Stereoanlage. Doch oft ist das viel Lärm um nichts, ausser wenn die Wände Ohren haben. Der Sturm im Wasserglas wirft keine hohen Wellen, sofern aus einer Mücke kein Elefant gemacht wird. Am liebsten möchte man sich da aus dem Staub machen oder sich in die Wüste schicken lassen, doch Lügen haben kurze Beine, darum strecken sich alle mächtig zur Decke und passen auf, dass sie nicht in die Grube fallen, die sie für andere gegraben haben. Jeder ist seines eigenen Glückes

Schmied, wenn man das Eisen schmiedet, solange es heiss ist, sonst kommt man vom Regen in die Traufe und das Wasser steht einem bis zum Hals, sofern noch nicht alles die Aare hinuntergeflossen ist. Nahe am Wasser bauen eh nur diejenigen, die gleich viel Glück und auch Verstand haben, weil sie den Franken und den Rappen ehren und sich teures Bauland leisten können. Trautes Heim, Glück allein. Doch Raum ist in der kleinsten Hütte, wenn einem nicht gerade die Decke auf den Kopf fällt. Auf jeden Fall soll man den Tag nicht vor dem Abend loben, denn dem Hahn, der zu früh kräht, dreht man den Hals um. Glück und Glas, wie leicht bricht das, und Scherben bringen effektiv nur dem Glaser Glück. Ernst ist das Leben, heiter ist die Kunst. Kurze Rede, langer Sinn: Die Würfel sind erst gefallen, wenn man zwei Fliegen auf einen Schlag trifft. Braucht man jedoch zwei Schläge für eine Fliege, dann ist die Sprache mit ihrem Latein am Ende.

Familientürk

Kinder und Narren sagen zweifellos die Wahrheit. Regelmässig auf den Punkt bringt es die fünfjährige Laura. Kürzlich wollte sie von mir wissen: «Du, wer ist eigentlich der Familientürk?» Ich stutzte und fragte nach: «Wo hast du denn dieses Wort aufgeschnappt?» «Bei meinem Papi, letzten Sonntagmorgen. Er war wütend und hat Mutti angeschnauzt: ‹Du glaubst gar nicht, wie ich diesen Familientürk hasse!›»

Während ich krampfhaft versuchte, eine pädagogisch makellose Antwort zusammenzuschustern, setzte die Kleine nach: «Im Kindergarten hat es auch einen Türk, der heisst Süleyman, und der ist wirklich ganz nett.» Meine Mission schien zum Scheitern verurteilt zu sein. «Weisst du», bemerkte ich etwas unbeholfen, «den Familientürk gibt es eigentlich gar nicht.» – «Das glaube ich nicht!», erfolgte blitzschnell ihre Erwiderung. «‹Dieser Familientürk macht mich noch wahnsinnig›, hat Papi gesagt, und Mutti hat ihm darauf gedroht: ‹Ich verlasse dich, wenn du nicht akzeptieren kannst, was mir das Ganze bedeutet!› Dann hat sie geweint.»

Ich war sprachlos. Wie sollte ich dem Mädchen diesen nicht ganz lupenreinen Begriff erklären? «Hat denn jede Familie einen Familientürk?», erklang schon die nächste Frage. «Nein, auf keinen Fall», erwiderte ich, ohne von meiner Antwort überzeugt zu sein. Ich war mit meinem Türkisch am Ende. Wie konnte ich nur dieses kindliche Missverständnis aufklären? Doch die Kleine war schneller: «Nächste Woche lade ich den Süleyman zu mir nach Hause ein, ohne meinen Eltern etwas zu sagen, dann können Mami und Papi sehen, dass es auch nette Türken gibt.»

Die heisse Pfanne

Vor langer, langer Zeit, in einem fernen Land, hat sich folgende Begebenheit zugetragen: Es war einmal ein altes Ehepaar, die zwar Haus und Hof besassen, sich jedoch keine Bediensteten leisten konnten. Jeden Tag mussten sie damit rechnen, dass ihre grosse und hungrige Verwandtenschar unangemeldet bei ihnen auftauchen könnte. Denn in ihrer Heimat war es Sitte, in der Zeit des Jahreswechsels die ganze Sippe zu verköstigen.

So erwarteten Gschwing-Ling und seine Soese-Li jeden Morgen den monsunartigen Einfall der Verwandten. Da sie jedoch zu Hause alles allein bewältigen mussten, hatten die beiden in ihrer Not eine Idee: Sie zerteilten mit einem grossen Messer die saftigen Fleischstücke in winzige Möcklein. Zusätzlich rührten sie eine rezente Suppe an, und Soese-Li trug sämtliches Gemüse und die Gartenkräuter zusammen, um daraus schmackhafte Saucen zuzubereiten.

Als nun die ganze Verwandtschaft vor der Türe stand, hatten die beiden findigen Alten innert Kürze die bauchigen Pfannen, die Fleischstücklein und die Saucen auf den Tisch gezaubert. Die Gäste staunten und waren ein wenig verunsichert, bis ihnen Gschwing-Ling zeigte, wie man mit einem zugespitzten Bambusstab das Fleisch in der brühenden Suppe garen konnte. Nun freuten sich alle an dieser geselligen Art des Festschmauses und erzählten das Erlebte sofort weiter. Und so soll auch der Weltenbummler Marco Polo davon erfahren haben, der dann diese unterhaltsame Art der Fleischzubereitung nach Europa brachte, wo sie noch heute an Feiertagen viele Menschen zu erfreuen vermag. Gschwing-Ling und Soese-Li wurden jedoch fast ganz vergessen.

Und wie so oft im Leben, kommt es noch schlimmer, denn das erfinderische Ehepaar aus der Provinz Fon-Dü hatte einen hinterhältigen Vetter aus dem Norden. Dieser Unmensch hiess Bou-Jong. Kaum war er nach dem Festschmaus in seine unzugängliche Heimat zurückgekehrt, propagierte er sich selber als Erfinder dieser köstlichen Spezialität. Jahre später – Bou-Jong hatte in seinem Land die Macht an sich gerissen – ging er sogar noch einen Schritt weiter: Er erhob die «heisse Pfanne» zur Volksspeise, wobei er jedoch stets sehr darauf bedacht war, sich und seinem Clan die grössten Fleischstücke zu sichern. Gegen diese Ungerechtigkeit wehrte sich ein mutiger Mann aus dem unterdrückten Volk.

Doch Bou-Jong, der sich von seinen Untertanen gern als «genialer Schöpfer der heissen Pfanne» huldigen liess, duldete keine öffentliche Kritik. Der Mann goss jedoch weiterhin Öl ins Feuer. Da wurde es Bou-Jong zu heiss, und er schickte Soldaten aus, um ihn verhaften zu lassen, doch der Verfolgte entkam im letzten Moment.

Im Angedenken an den mutigen Widerständler wird noch heute mancherorts anstelle von Bouillon siedendes Öl zur Zubereitung der «heissen Pfanne» verwendet. Bour-Ging-Jong, so der Name des Freiheitskämpfers, kennt man bis heute.

La suocera felice
Die glückliche Schwiegermutter

Ein Tumbler (bauchiges Glas) wird mit Eiswürfeln halb aufgefüllt, die freudig begossen werden mit:

2cl Gordon's London Dry Gin
2cl Aperol Aperitivo
2cl Martini Rosso

Nach dem Verrühren rundet je ein Spritzer Zitronensaft und Tonic Water nach Belieben den Drink ab. Serviert wird er mit einer aufgesteckten Zitronenscheibe.

Sollte die Schwiegermutter aus dem Balkan oder aus Russland stammen, kann der Gin durch Wodka ersetzt werden.

Rezension des Werkes «Die Schwiegermutter des Papstes»

Stampflis kleines Büchlein fühlt sich der grossen Kunst des «Kopfreisens» verpflichtet. Die Sammlung von alltäglichen Besonderheiten widerspiegelt in erster Linie die bewegte Fantasie des Verfassers, der sich selber zur wenig beachteten Schule der postsäkularen Spätromantiker zählt. Dichtung und Wahrheit geraten sich in seinem Schaffen kaum in die Quere, bisweilen ergänzen sie sich sogar in idealer Art und Weise. Seine Geschichten sind allerdings nur vor einem Horizont zu verstehen, der nicht selten von Büchern verstellt ist. Das vorliegende Werk ist in seiner stringenten Mehrdeutigkeit einzigartig. In seiner Eindringlichkeit äussert sich ein verschwiegenes Mitteilungsbedürfnis. Es kann durchaus als literarischer Befreiungsschlag gewertet werden, obwohl sich der Verfasser von der ersten bis zur letzten Seite in hohem Mass der neuen deutschen Rechtschreibung verpflichtet fühlte. Es gehört zweifellos zu den Spätwerken des Autors, da er die meisten Texte zwischen zehn Uhr nachts und zwei Uhr morgens verfasst hat. Abschliessend ist hervorzuheben, dass Stampfli sich in lobenswerter Manier um seine Leser bemüht – es sind ja auch nicht sehr viele.

Bevor Reto Stampfli, geboren 1969, in der Schweizergarde diente, verbrachte er einen Grossteil seiner glücklichen Jugend an den Gewässern des Solothurner Wasseramts. Als Doktor der Philosophie, Theologe und Deutschlehrer wirkt er an der Kantonsschule Solothurn. Wenn er nicht gerade in Rom, Wien oder Dublin auf Geschichtensuche weilt, erforscht er das unerschöpfliche Universum vor seiner eigenen Haustüre.

www.retostampfli.ch

Die *Perlen*-Bücher

Urs Heinz, Aerni, *Bivio – Leipzig*
Wolfgang Bortlik (Hrsg.), *Das Chancenplus war ausgeglichen*
Thomas C. Breuer, *Gubrist, mon amour*
Alex Capus, *Der König von Olten*
Alex Capus, *Der König von Olten kehrt zurück*
Ariane von Graffenried, *Fleur de Bern*
Anette Herbst, *Herbst in Basel*
Franz Hohler, *Eine Kuh verlor die Nerven*
Ulrich Knellwolf, *Die Erfindung der Schweizergeschichte im Löwen zu Olten*
Meinrad Kofmel, *Lawrence of Arabica*
Jörg Meier, *Als Johnny Cash nach Wohlen kam*
Walter Millns, *Bevor sie springen*
Perikles Monioudis, *Junge mit kurzer Hose*
Angelia Maria Schwaller, *dachbettzyt*
Judith Stadlin, Michael van Orsouw, *Spiel uns das Lied von Zug*
Reto Stampfli, *Tatsächlich Solothurn*
Rhaban Straumann, *Ges(t)ammelte Werke*
Franco Supino, *Solothurn liegt am Meer*

Inhalt

Die Schwiegermutter des Papstes 5
Der befleckte Pontifex 14
Raphaels Uniform 23
Santa Maria Chi Lo Sa 33
Roma Terminus 42
Plinius der Mittlere 45
Café Bräunerhof 47
Johanna die Wahnsinnige 56
Das Paris-Syndrom 59
Seamus geht nach Hause 61
Captain America 71
Der Traumfänger 79
Rohfleischfresser und Nebelköpfe 83
Wege in den Alpha-Zustand 89
Der Adler von Toledo 92
Big Fat Mama 97
Ein kleiner Schritt 104
Wie ich springen lernte 112
Le Pétomane 116
Saufen 118
Der tägliche Telefonterror 121
Selten Frauen im Kopf 124

Zwei Schläge für eine Fliege 128
Familientürk 133
Die heisse Pfanne 135
La suocera felice 138
Rezension 139

Layout, Konzept Bruno Castellani, Starrkirch-Wil
Satz Monika Stampfli-Bucher, Solothurn
Korrektorat Sam Bieri, Luzern
Illustration Umschlag Jörg Binz, Olten
Portraitbild Andris Linz, Solothurn
Druck CPI - Clausen & Bosse, Leck

1. Auflage, März 2012

ISBN 978-3-905848-57-1

Gedruckt auf umweltfreundlichem FSC-Papier.

www.knapp-verlag.ch